想死的完全犯罪者
與
七點前落在房間裡的雨

死にたがりの完全犯罪と
部屋に降る七時前の雨

山吹菖 著 涂紋凰 譯

目次

日下陽介
就讀東京都內大學的大二學生。
專攻教育學系家庭科。
負責所有家務。
桂月也
就讀東京都內大學的大三學生。
理科大學物理科系。
生活方面都交給陽介打理。
CHARACTERS

前言

第三天的傍晚，日本政府發布前所未聞的緊急事態宣言。

四月九日。本來應該以理科大學三年級學生的身分，開始著手畢業論文研究的桂月也，卻靠在陽台的防摔欄杆上，嘴裡含著電子菸吞雲吐霧。

「這個世界，乾脆就這樣毀滅吧。」

月也吐出量不算多的煙，一邊自嘲地笑著。或許是夕陽開始西下，天空呈現赤紅色，顏色對比之下讓他看起來有點像惡魔。

捲翹的黑髮加強了惡魔感。要是連耳朵都是尖的，那就可以說是貨真價實的惡魔了。但那雙耳朵，反而是迷人的圓耳，和惡魔相差甚遠。

「那天你也是這麼說的吧。我是說那年夏天。」

站在他左邊，漫不經心地俯視著街道的日下陽介，帶著一絲無奈地嘆了口氣。也許是嘆息太用力，眼鏡的位置有些偏移。他用右手中指把眼鏡推回來之後，換瀏海滑落。陽介撥開不像月也那樣捲翹的頭髮，聳肩說：「你還是那麼愛講危險的話。」

那是陽介高中一年級暑假的事。老家的村子發生連續縱火事件。那天，從科學社物理實驗室的窗戶看出去，能看見滅火時的黑煙瀰漫。

當時的月也注視著這一切，然後喃喃自語。

這個世界，乾脆就這樣毀滅吧——

「因為啊，日下。如果世界毀滅，未來也就不存在了。對我來說是好消息。」

「真像桂學長會說的話，充滿惡魔思想耶。如果這麼討厭，不要繼承家業不就好了嗎？」

「你說得對。」

瞳孔灰暗的月也笑了笑，吐出細長的煙霧。然後，他把夾在左手指間的香菸頭投向了冷清的街道。儘管這裡是安靜的住宅區，需要步行二十五分鐘才能到達車站，但在傍晚時分人煙如此稀少的情況還是很少見。

太安靜了。

安靜到讓人忘記這裡是首都圈，而不是那個城鎮。這裡之所以這麼安靜，原因不需要多想也知道。

緊急事態宣言——人們的日常生活，輕而易舉地因為大人物的一句話終結。月也用輕鬆，甚至更為淡然的口吻說：

「不過，我還沒想好我的『完全犯罪計畫』呢。」

真的就是這麼輕描淡寫。然而，他所散發的氛圍，冷冽得像是新月，帶有一種磨練後的鋒利。

「這就表示我無法殺了『桂』全家啊。如果兩年後大學畢業還沒想到辦法，暫時就只能假裝繼承家業。議員二代——不對，我連自己是第幾代都不知道，世襲政治真是無聊到令人作嘔。」

「要我說，完全犯罪計畫更無聊。」

陽介這次按著眼鏡的鼻橋，再度嘆了口氣。

如果這些話出自普通人，或許還能當作誇張的玩笑聽之。但是，陽介知道，桂月也不是在開玩笑。

高中那年的夏天，他真的嘗試過。試過執行殺害「桂」一家——也就是殺害自己父母的計畫。

那次的失敗，對陽介來說是一個轉捩點。

（「殺父弒母」啊……）

實現殺父弒母的完全犯罪。月也會有這種想法，原因當然來自他的「家庭」。他的家庭足以讓他產生殺意，也就是所謂的「複雜家庭」。

（真是麻煩。）

還有另外一點，讓陽介再度嘆了口氣。街上久違地出現的人影，只有嘴巴的部分特別顯眼。因為那個人戴著全白的口罩。

現在口罩四處都缺貨，那個人到底在哪裡買到的呢？陽介一邊茫然思考著，一邊喃喃自語。

「是說，為什麼要選擇關東地區的大學？」

如果一想到就要馬上執行所謂的計畫，或者是說早晚都要執行計畫，選擇那個城鎮作為『舞台』更加方便。然而，月也卻選在遠離那個城鎮的首都圈就讀理科大學。

「日下，你認為科學是什麼？」

「對調查有幫助的東西吧。」

「你是故意的吧。」

月也哈哈大笑起來。陽介也跟著輕輕揚起嘴角。月也像是要克制住笑聲一樣，輕輕咬住香菸。

「的確是對調查也有幫助。不過，如果能超越那些科學知識呢？我還是會被抓到嗎？」

「……」

「而且啊，大學還挺方便的。只要是研究生，就可以隨意接觸藥品。高中時特地組織了科學社團，結果連藥品庫的鑰匙都沒弄到。」

月也深深地吐出細長的煙霧，表情充滿遺憾。陽介微微瞪了他一眼，然後用涼鞋踢了鏽蝕的柵欄一腳。

蔓延到眼前的繡球花葉，彷彿在嘲笑人似地輕輕搖曳。未修剪就這樣放著不管的繡球花就這樣放肆地生長到二樓。它的樣子看起來與月也有些相似，因為茂密得像月也的髮絲。陽介看著葉子交疊的陰影，越想越火大。

什麼完全犯罪啊？

「真是的，太愚蠢了。」

「你說什麼？」

「唉，算了。反正心情不好了，晚餐吃杯麵可以吧？」

「當然不可以啊。別開玩笑了。你以『負責家事』的條件享受著七三分的房租，要是不好好工作，下個月房租就要調漲了哦！」

「……如果是動用桂老爹的力量，就能住進離車站走路五分鐘的新房子，而不是這種只有表面翻修出租公寓吧。」

「誰會借助那種骯髒的金錢力量啊！」

「對啦對啦，我就是為了錢才成為資優生，獲得學費全免的資格。」

陽介擺脫厭煩心情的同時也脫掉涼鞋，才返回室內。這裡是由兩個單人房合併而成的空間，所以客廳的位置相當不理想。從陽台上看，兩人的房間就在前面。踏上泛黃的榻榻米，穿過敞開的日式紙門進入客廳。他之所以無法順利跨過這一段，就是因為不合房間尺寸的雙人沙發和圓桌。而且，還有一台些微奢侈的巨大液晶電視塞滿整個客廳，所以得橫著走，從沙發和圓桌之間，進入連接玄關、稱不上是走廊的空間。

廚房在走出客廳的右手邊。這裡沒有裝透明的隔板，只有冰冷區隔開的一個房間。唯一值得稱讚的地方，就是有兩口瓦斯爐吧。不過，明明位於首都圈內，這裡卻用桶裝瓦斯，而非天然氣。

「不過，擁有能夠徹底拒絕保護的實力，老實說還真是令人羨慕耶。」

看也不看一直跟在身後的月也，陽介打開灰色的冰箱。雖然現在應該盡量避免不必要的外出，但明天看來還是需要購物。他拿出稍微發芽的馬鈴薯遞給月也。月也盯著那些嫩芽看。

「茄鹼啊——」

「雖然有毒性，但主要是引起嘔吐、腹瀉、腹痛、頭痛、頭暈等症狀而已。對於體重50公斤的人，攝取超過150毫克就有可能致命，但馬鈴薯每100克平均只含有7.5毫克。如果是已經變成綠色的部分，則可能達到100毫克。」

「只有變綠色的部分嗎……真不愧是日下，專攻家政教育果然不一樣啊。」

「那也是原因之一。不過，主要應該是我擁有身為『農家長子』的知識吧。我爸有教我，如果誤食了馬鈴薯芽會發生什麼事。他說畢竟我早晚要繼承家業，多了解蔬菜相關的知識還是比較好。這些東西在農林水產省的網站上都可以輕鬆查到。」

「但是，你們家從來沒種過馬鈴薯啊。」

「你知道得還真多。不愧是統治那個城鎮的桂家大少爺！」

陽介一邊調侃月也，一邊拿起胡蘿蔔。看到袋子上貼著的產地標籤，陽介的心情很複雜。因為這可能是從認識的農場送來的。

（那傢伙是讀農業高中的嗎？）

國中同學理所當然地升學，今天應該也理所當然地在田地裡工作吧。陽介茫然地發呆，胡蘿蔔從視線中消失。倒是馬鈴薯又回到視線範圍內。不知道是想起什麼——又或者是讀懂了陽介的心思，月也迅速地將胡蘿蔔的袋子丟進垃圾桶。

「日下你不會去務農，而是要成為家政老師吧。畢竟你只會烹飪。」

「……說我只會烹飪也太失禮了吧。你明明連烹飪都不會。」

「如果完全犯罪需要的話，我就會去學。」

月也笑著說，不管是套餐料理還是滿漢全席，我都會去學。陽介很傻眼，深深地嘆了口氣，接著拿起了洋蔥。他現在既沒有精力思考菜單，也沒有太多選擇。今晚只能煮咖哩。考慮到口味像孩子一樣不喜歡辛辣的月也，陽介決定做甜口味的咖哩。

為了要引出甜味而切碎洋蔥，中間一度用力閉上眼睛。二烯丙基二硫化物還是會刺激眼睛，這也沒辦法。陽介吸了吸比月也低的鼻子，眨了好幾次眼睛才再度動起菜刀。

（雖然喜歡處理食材，但我並不想成為生產者啊……）

一定是自己太任性了。就像要吹散二烯丙基二硫化物一樣，陽介嘆了口氣。他的決心並不堅定，沒有像月也那樣徹底地策劃斷絕家族血脈的「完全犯罪」。

他也明白自己並沒有那種能力。陽介能做的事，充其量只是以上大學為名逃離那個城鎮。之所以成功說服了一直猶豫不決的父母，是因為他與那個城鎮最有權勢的桂家少爺共同合租。

他靠這樣獲得一段自由的時間。

雖然想要好好利用這段時間，但口中卻忍不住冒出了和月也一樣的願望。

「真的，世界要是滅亡了就好了。」

「那你要不要一起想？我是說完全犯罪。」

「你在開玩笑吧。」

擦去因洋蔥而流下的淚水，陽介把手伸向月也。接過月也一直拿著的胡蘿蔔。把在同一個城鎮長大的食物，放在削皮刀的刀刃下。

（真是火大……）

他之所以感到氣憤，是希望月也能保持「善念」。自從那個夏天——陽介發現月也心中抱持看似不同但其實相似的心情，了解到月也其實和自己很像之後，就一直這麼想。

希望月也不要再繼續墮落。

因此，陽介才會在這裡。

即使只有到月也畢業為止的兩年也無所謂。只要他能因為自己的存在而產生一點改變……

（還有兩年……）

雖然有想法，但也不代表能做什麼。陽介出氣似地亂切胡蘿蔔，卻聽到特別開朗愉快的廣告歌曲。不知何時移動到客廳的月也似乎打開了電視。

這支與新冠疫情陰沉氛圍截然不同的歡快廣告，似乎是一個可以販售自己技能和專業的平台。

「技能……」

感覺好像抓住什麼似地，陽介開始將洋蔥炒成焦糖色。

第1話　離緑手指還差得遠

鬧鐘在六點準時響起，陽介打著哈欠，檢查了一下夜間的郵件。不過，畫面顯示「0封」。

（今天也沒有委託案件呢。）

因為那則廣告，陽介註冊了「技能8結緣」這個販售技能的網站。那天得知這個網站存在之後，陽介趁著將洋蔥炒成焦糖色的時間整理了想法，趁空閒時間開了網路商店。

從那天起已經兩個星期了。看來委託不會那麼輕鬆地上門。

（是不是技能販售內容設定不恰當呢？）

是說，開店的動機本來就不怎麼好。陽介一邊拿起被子，一邊皺著眉頭表達著自己的反省。

當時，他只是一心想著不能讓月也成為罪犯。

因此，嘗試做一些與罪犯相反的事情——「偵探」這個構思讓他很滿意。就這樣一時衝動註冊，所以現在也只能反省了。

（或者乾脆把店收了吧。）

兩個星期，不知道能否當作決定放棄的時間。陽介迷迷糊糊地想著，一邊脫下當作睡衣穿的高中運動服。

雖然因為緊急事態宣言而不用去大學，但換衣服是為了維持日常生活。免得到了要上課的時候反而迷糊。不過，陽介對時尚沒什麼興趣，所以只是換了一身藍色牛仔褲加上T恤而已。

換好衣服之後，陽介用手梳了梳直髮，然後一邊走到客廳。一早就得開燈，是因為房間的配置不好。客廳沒有窗戶，就算陽介房間的紙門敞開，採光也不好。

感覺很浪費電的日光燈，照在佔了房間三分之一面積的紅色沙發上。可以感覺到沙發另一頭緊閉的紙門後，傳來睡著的鼾聲。看樣子月也還在睡。

陽介毫不在意地打開電視。

為了保持平時的習慣，把電視新聞當成時鐘播放。平時陽介都會略過電視，徑直走向廚房，但當他看到螢幕上出現的人臉時，腳步卻停了下來。

一位知名女演員因感染新冠病毒去世。

在緊急事態宣言發布前備受歡迎的藝人離世了。

雖然是電視畫面裡發生的事，卻有種莫名的危機感。新冠病毒真的無處不在，正在迅速擴散。正如那些「熟悉的面孔」很容易就死去那樣，接下來可能就輪到自己了。目前的狀況具有強烈脅迫感，讓人忍不住這麼想。

更何況，感染病毒的死者，死後也無法讓家屬會面。必須在火化之後，才能讓家屬領回骨灰——甚至無法如常進行葬禮，這種情況已經變得司空見慣。

因此，陽介逃離般地走向廚房，急忙打開了冰箱。今天早上應該要吃飯。他想著該準備什麼配菜的時候，感覺冰箱門那裡不太對勁。

「為什麼？」

陽介不禁脫口而出，推了推琥珀色眼鏡。一邊在心裡祈禱，希望是自己看錯，一邊凝視未開封的牛奶盒。

（為什麼今天就過期了呢？）

如果已經開封也就罷了，為什麼是完整1000毫升的牛奶呢？他關上冰箱，思考片刻。平常都是月也去買牛奶。所以，這牛奶肯定也是他買的。既然如此，把沒開封的牛奶放到過期的人也是他。

（啊，是因為只能待在家裡吧？）

月也固定在晨跑之後喝牛奶。因為沒有多的經費買蛋白飲，所以選擇牛奶當蛋白質來源。不過，因為緊急事態宣言，政府呼籲人民待在家裡，月也暫停他每天晨跑的習慣。

萬一感染就不好了。

鄉下地方還停留在「村八分」的思想，就算人遠在幾百公里之外，只要家人感染，必定會成為話題。如果是桂家大少爺被感染，那就更不得了。大家一定會認為問題是出在把大少爺野放到都會區，到時候他一定會被強制送回那個城鎮。

（……晚上吃燉菜。早上就烤法式吐司吧。）

吐司好像也已經過期了。畢竟當初是因為打折買的，那就不能要求期限。是說乾燥的吐司很適合吸收蛋液。

可以的話，陽介當然是想要用香氣撲鼻的奶油，但這個家裡可沒有這種高檔貨。用乳瑪琳取代奶油，沒有蜂蜜也沒有楓糖漿，與其說是法式吐司，更像是「厚煎蛋夾吐司」。

想到這裡，陽介左右搖了搖頭。如果要妥協到這個地步，還不如乾脆不做法式吐司。他決定做個普通的雞蛋三明治，牛奶加上即溶咖啡，做成咖啡歐蕾就好了。反正，男生不太適合精緻的早餐。

（桂學長好像更喜歡雞蛋沙拉吧。）

他應該更喜歡雞蛋沙拉三明治，而不是夾煎蛋的三明治。考慮房租，也考慮到吃飯的飯友，陽介決定好菜單。他想著稍微烤一下吐司，做成「熱三明治」。

做好的早餐擺放在天然木質的圓桌上。和沙發一樣，佔據三分之一空間的桌子是月也從大學垃圾堆裡撿來的戰利品。因此尺寸非常不搭。沙發也是從打工的學長那裡拿回來的。儘管月也的房間並不是什麼隱秘的地方，但陽介必須越過尺寸令人不滿的沙發靠背才能靠近月也的房間。

就像陽介房間的一樣，月也的房門也是相同圖案的紙門。房門當然沒有鎖，陽介一鼓作氣打開紙門。

「學長，該吃早餐了。」

榻榻米上有一架鐵管組裝床，床上的被子輕輕掀開。雖然一臉還沒睡醒的樣子，但月也沒有怨言地起床。

他用手抓了抓不知道是自然捲還是睡覺時壓到彎曲的烏黑頭髮，跨過椅背就坐到了沙發上。他好像沒打算換衣服的樣子，上下身都是灰色的休閒服，一邊喝著咖啡牛奶一邊瀏覽電視節目。看起來有點像俄羅斯藍貓。

「你要不要換個衣服？」

「嗯……」

完美的敷衍。陽介聳了聳肩，輕輕嘆了口氣坐到了沙發上。然後把雞蛋三明治的盤子移到膝蓋上。

「……在這裡也要保持社交距離啊。」

光是電視櫃、桌子和沙發擺放在一起就已經擠滿客廳，所以兩個人只能並肩吃飯，沒辦法面對面。而且，基本上是坐在沙發上，或者坐在地上。為什麼要這麼可憐肩並肩一起吃飯呢？在陽介嘆了口氣的同時，月也無聊地繼續看著電視。

「都在討論疫情呢。」

「當然啊。換成其他話題，收視率也不見得好。」

「說不定收視率反而變好……不過可能性不高吧。」

月也突然停下了手上的動作。因為廣告，讓整個畫面的氣氛改變了。那是一段富有喜感且讓人難以忘懷的旋律。

『將技能與需求緊密聯繫在一起！技能8結緣！』

「這種平台真的是有做的人就贏耶。管理伺服器和設計網站不需要投入太多資金和人力。人才會自己聚集過來，平台只要中間抽成，快樂賺錢就好，真是聰明耶。」

「聽不出來你是褒是貶……不過我有在這裡註冊。是的，服務販售價格在五萬日圓以內的話，手續費是抽百分之二十五。由於服務的最低販售價格是五百日圓，因此運營方至少可以獲得一百二十五日圓。還有，除了這種預付訂金的費用外，還可以設定成功報酬的費用，由消費者從零到五百日圓為單位設定。是說，我的頁面上還沒有接到過案件就是了。」

咕嚕咕嚕，陽介啜了一口裝在黑色杯子裡的咖啡歐蕾。原本看著陽介的月也，一下看著播完廣告的電視，一下盯著陽介。

「呃，你有什麼能出售的技能嗎？」

「不是我，是學長你啊。我想就讀理科大學的學長，應該可以做點什麼。沒錯……既然學長一心想著要犯罪，那我就開一間非常適合你的線上商店。」

什麼？月也眨了眨眼。平時給人以犀利印象的視線，現在看起來有點傻。

看到這個表情，陽介瞇起了平時給人溫和印象的眼睛。他經常被別人說長得像年輕時的父親，頂著像父親的臉呵呵笑了起來。

「放心啦，我又不是什麼犯罪籌劃者。」

「廢話，先給我看看是什麼商店。」

「手機在那裡充電。」

陽介指著圓桌。手機放在靠電視的邊緣，連著一根白色的充電線。月也試圖拿起手機，但充電線太短，他拔下來後重新靠在沙發上。

左手拿著蛋三明治的月也，用大拇指解開手機的圖形鎖。

「你為什麼能解鎖啊？」

「因為某位缺乏安全觀念的人，在我面前解鎖了好幾次，我就記住了。嗯，是這個應用程式吧？」

【理科】解決您的煩惱！【偵探】

在家的時間變長後，突然間開始關心起以前不在意的事情了嗎？

我絕對能徹底解決這類『家庭內事件』！

無論是多麼微小的事情都可以！我們的理科偵探會以清晰而有邏輯的方式為您解答！

比如說……為什麼在陽台種菜總是失敗？
比如說……為什麼總是亂丟襪子？
比如說……為什麼不能吃馬鈴薯芽？
任何問題都歡迎提出！如果覺得不方便問朋友，就來問問我們吧！
趁這個機會，讓我們來徹底解決那些讓您心煩的煩惱吧！
目前開放每件五百日圓起跳的諮詢喔☆

「……這是誰？」

「考慮到平時的狀態，我判斷自己缺乏吸引力。所以，我採用和另一個世界的自己交流的感覺，盡全力選擇完全不同的方向。我一邊做菜一邊思考，沒想到靈感源源不絕。做菜的確是能激發大腦運作耶。」

「呃，對你這種嘗試解釋量子理論問題的態度，我必須大力稱讚。但這個……實在太搞笑了，我被戳中笑點！」

月也哈哈大笑起來。發現手機上沾到口水，陽介皺起眉頭，搶回手機。結果，手掌傳來不自然的震動。看向手機畫面，發現有一封郵件。這兩個星期明明完全沒有任何反應的。

「桂學長。學長本人觀測之後，理科偵探的工作就確定存在了。」

「是委託案件的信嗎？」

面對瞬間變得一本正經的月也，陽介緩緩點了點頭。他用右手大拇指操作手機，將初次委託的內容點開來。

兩個人從沙發的左右兩側，湊近陽介手上的手機。肩膀都撞在一起了，但還是忍不住好奇心。畢竟這個客廳裡的傢俱尺寸大到感覺會壓迫人。雖然這一切都是為了省錢，但唯獨這件事只能感嘆同居人月也的審美和少根筋。

只是滑個手機，手肘都會撞在一起。不知道是不是不滿這一點，還是陽介和月也閱讀的速度不同，月也從陽介手上搶過手機。

【暱稱　小三生的媽媽】

初次見面，你好。最近全世界狀況都不好，理科偵探先生過得怎麼樣呢？稱呼您理科偵探好像有點令人害羞呢。沒想到我竟然也有找偵探諮詢的一天。

這段時間不能外出，我在整理家裡的時候，發現暑假的理科作業〈牽牛花觀

察日記》。看到這份觀察日記，我突然想起了一件事情。

去年夏天，我家孩子的牽牛花發生了奇怪的事情。

孩子和我一起整理家裡，也想起同一件事，納悶地說：「為什麼我的牽牛花會枯萎呢？」

據日記紀錄，孩子每天早上都認真地給牽牛花澆水。雖然因為暑假經常睡過頭，但一醒來就會走到陽台，幫牽牛花澆水。當然，陽光日照也很充足。

但是，大約一週後，牽牛花就枯萎了。

明明有好好照顧牽牛花還是枯萎，孩子也感到很沮喪。

孩子已經完全失去了信心，擔心今年夏天會再次失敗。雖然我在網上稍微查了一下，但我覺得日照和澆水都沒問題。我並不覺得牽牛花是什麼難照顧的花卉，在我覺得很苦惱的時候，找到了理科偵探先生。

理科偵探先生，您能解開牽牛花的謎嗎？

「……理科偵探這名字也太俗氣了。」

「俗氣最好啊。如果寫你是某某理科大學物理系的學生，反而會造成隔閡吧。要能讓客戶來諮詢小孩的暑假科學作業更重要。光是拿出理科兩個字，就會讓人覺得複雜難懂，不容易接近。」

「這是日本教育的弊端啊。只有日本才會分文科理科。」

「是啊。但正是因為這樣，才催生了需求。知識就是金錢，桂學長。相較於把腦袋浪費在完美犯罪上，不如把有邏輯的理科腦用於幫助有困難的人。」

「有困難的人啊。」

月也苦笑著把手機丟回去給陽介，一副手機已經沒用處的樣子。而對癟著嘴表示不滿的陽介，月也把最後一口雞蛋三明治塞進嘴裡。他將空盤子放回桌子上，右手拿著白色馬克杯，坐回沙發上。

沙發的彈簧嘎吱一聲，發出一絲令人不安的聲音。

「雖然不是太有用的資訊，但讓牽牛花枯死的是小女孩吧。」

「嗯？不是男孩嗎？信件裡面是用男孩子的第一人稱說『我的牽牛花』耶。」

「那是假的。因為跟某人不同，這位委託人很有安全觀念。故意給我們相反的性別形象。」

月也喝著咖啡牛奶，瞥了一眼陽台。雖然不是重度菸民，但差不多開始想抽菸了。看到他的動作，陽介突然想起了一件事。
今天早上，他還沒抽菸。因為他一起床就剛好要吃早餐了。所以，身上才沒有菸味。儘管兩個人湊在一起看手機，離得很近都沒有聞到菸味。
（要不要讓他抽一口呢？）
雖然心裡這樣想，陽介還是假裝沒發現這件事。為了月也的健康和錢包著想，菸抽得越少越好。
「……我還是不懂。你到底是怎麼分辨有沒有安全觀念的啊？」
「嗯？真的假的？日下，你最好擦擦眼鏡啊。」
月也哈哈大笑。陽介咂著嘴離開沙發，把手機放在桌上，一邊吃著雞蛋三明治一邊重讀信件。眼鏡上沒有霧氣。
「給點提示吧。」
「提示嗎……你這樣還好意思說是教育系的學生？」
月也張大眼睛誇張地這樣說，完全是在調侃陽介。鼓起臉頰喝著咖啡歐蕾的陽介皺了皺眉頭，覺得自己被當成笨蛋很正常。

委託人自稱是「小三生」的媽媽。

而且，去年的理科作業是牽牛花的觀察日記。

不過，這絕對不可能。

「小學的科目在一年級和二年級時，不會稱作『理科』或『社會』，而是『生活』。理科的課程從三年級才開始，小學三年級的孩子應該不可能有去年的理科作業。小孩應該不會刻意去寫理科作業，所以連小三生的媽媽這個暱稱可能都是假的。」

「很好！這下你應該明白了。為了保護個人資料而加入謊言的委託人，用男生的第一人稱描述。就像你一開始就被騙了一樣，刻意用讓人聯想到男孩的人稱。也就是說，真實情況應該『相反』。」

「所以，是女孩。」

被他這麼一說，事情的確很單純。發現謊言的契機，竟然是小學的科目名稱，這一點讓陽介覺得很不爽。為什麼跟教師資格毫無關係的理科大學學生月也會注意到這一點呢？

不甘心的陽介，瞪著映照在黑色手機螢幕上的眼鏡。

「不過，為什麼是『小三生』呢？」

「是不是想顯得年輕一點？」

「……啊？」

原本盯著眼鏡的目光，轉向月也。這次不是懊惱，而是帶著狐疑。陷進沙發的月也，仍然一臉調侃的樣子眨了眨眼睛。不對，這次眼神中或許帶著一些擔心。

「日下，你應該是會認真回答抽獎問卷的類型吧。」

「咦？是這樣嗎？」

不能靠說謊拿到獎品。陽介原本打算說這樣再正常不過的話，但月也深深地嘆了口氣。他用沒有拿杯子的手撐住額頭，再度嘆了口氣。

「對於連會不會中獎都不確定的東西，老老實實地提供個人資訊實在是太愚蠢了。那種事就應該隨便回答，反正就算中獎，也不會確認身分。如果真的有問題，只要說『搞錯了』就能解決。」

「嗯，可是……」

「所以你才會在公共場合解鎖手機，安全觀念真的很差。這個時代要自己保護自己的個資啊。畢竟這裡又不是大家都互相認識、大門不鎖的那個鄉下城鎮。」

「……這我也知道。」

陽介嘟起嘴巴喝咖啡歐蕾。因為月也說的話有道理，所以更讓人覺得火大。明明穿著破舊的灰色休閒服，看起來還是一副高高在上的樣子。

「最容易偽造的個人資訊就是年齡和性別吧。因為網路上輸入的表單幾乎都是下拉式選單，比起必須自己輸入的姓名，偽造這種個資比較不會有罪惡感。」

「是這樣嗎？」

「我覺得是。透過這種方式，會漸漸習慣在個人資訊上說謊。所以，最先偽裝的通常是年齡和性別。然後，稍微想像一下在掩蓋年齡時的心理就知道，多少會想要裝得年輕一點。正因為如此，這次才會有這麼多破綻。」

「對方會不會是已經考慮到可能會被發現，還是認為需要安全機制呢？」

「的確是有這個可能，但對接下來要諮詢的對象，如此警戒也沒有什麼意義。如果要防成這樣，一開始就不要找聽起來很可疑的網路偵探啊。」

「說的也是。」

陽介站起身，伸手去拿充電線。手機開始充電後，他坐在扶手上，以便能夠盡量和月也保持距離。

「所以，理科偵探。要怎麼解決牽牛花事件呢？」

「這也沒什麼要解決的……啊，對了，你家務農耶。日下，你有種過盆栽嗎？」

「我小時候當然也曾經帶牽牛花的盆栽回家種。去年夏天，我還在陽台上試著種茄子，你忘了嗎？」

「都枯死了。虧你家務農。」

「吵死了。」

陽介一邊喝咖啡歐蕾，一邊皺著眉頭。

去年夏天，陽介試圖透過種植盆栽來為家計出一份力。他選擇種植茄子，因為他認為與黃瓜或番茄相比，茄子更容易製作成料理配菜。這間疑似翻修過的房子，陽台並不寬敞，無法種植太多蔬菜。

再怎麼說陽介也是農夫的兒子。雖然平時都和廣大的農田打交道，但種植盆栽也不會不安。所以，當夏天開始沒多久茄子就枯死，其實對陽介來說大受打擊。

然而，更令人震驚的是自己竟然因此受到打擊。明明很討厭家裡務農，卻對自己種植植物很有信心。

「我記得你替我澆過水。每天早上都很認真，一點也不像你……該不會是你暗中加入農藥吧？」

「某種程度上算是正確答案。」

「什麼？」

「我確實是刻意殺死茄子的根部。不過，我只用了自來水而已。」

月也淡淡地轉移視線。望向陽台——敞開紙門的陽介的房間，比起隱私更重視採光，房間對面就是陽台。

朝南的窗戶還沒有完全發揮作用，但今天的陽光格外明亮。晨間的陽光照亮了附有低反彈坐墊的黑色椅子，這是陽介獨自休息時使用，稍微花了點錢的傢俱。

「這可能是你都和大片田地打交道的一個盲點吧。盆栽很容易受熱，尤其是這個朝南而且日照充足的陽台。在盛夏時節，太陽升起後，溫度很快就會超過攝氏三十度。在這種情況下澆水意味著什麼，你應該明白了吧？」

陽介緩緩點了點頭。

為了防止葉子過度曝曬，陽介知道不能對葉子噴水。然而，他並未注意到土壤溫度。廣大的田地必須澆水。而且，自動化普及，手動用花灑澆水的時代已經結束了。

這的確是一個盲點。

小型盆栽，配合溫度上升的時間澆水，土壤溫度必然上升。茄子的根部就會被蒸氣悶死。

「你為什麼要這樣做？」

月也並不討厭茄子，反而是喜歡吃茄子。他以不想用政治家的髒錢為由，拒絕家裡送來的零用錢，所以平時還算節省，自斷食物來源的這種行為，實在令人不解。

動機呢？——月也避開陽介的眼神質問，視線到處游移。

「就算你本來就想成為罪犯，但也不會無緣無故殺死茄子吧？」

如果對方是強行把自己未來人生軌道規劃好的「家人」也就罷了。茄子既不能揮刀也無法說話，月也根本沒有殺害茄子的動機。

「如果不是茄子，我種番茄你也會殺掉嗎？」

「對啊，就算是牽牛花也一樣。如果可以的話，最好連繡球花的頭也一併剪掉。」

換句話說，只要是「植物」月也都想殺死。如果不是種類的問題，那麼問題可能出在地點。對月也來說，在陽台上種植物是不可容忍的。

為什麼呢？種植物會帶來什麼樣危害嗎？

「學長該不會是怕蟲吧？」

「……」

「那個城鎮可是以農業為主要產業，你又是那裡的大少爺耶。你會怕蟲，這也太好笑了吧？」

月也皺著眉頭，無聲地喝著咖啡歐蕾。這就是他的「回答」。他不會發表對自己不利的言論，也不會展現弱點。如果早晚要繼承桂家的基業，他可能會淡然地觸摸蠶寶寶吧。畢竟，這是因為他具有那個「血統」啊。

陽介對著咖啡杯嘆了口氣。

「牽牛花會枯萎，竟然是因為太用心照顧，真的很令人心酸。」

「嗯，不管怎樣，種在這種陽台上早晚都會枯萎的。不澆水它也會枯死。」

「就算上網找，也找不到在陽光直射的面南陽台上種植物的具體方法。這種時候就要由理科偵探提供準確的種植方法。來，請用應用程式回覆郵件。」

「咦，這個工作比較適合你吧。」

他應該是想說陽介既是農家子地又主修教育吧。陽介誇張地搖了搖頭，把充電器拔離手機。

「理科偵探是桂學長啊。」

他說出口的話比意識到的更強烈。

因為陽介希望月也成為一個偵探……希望他不要墮落成罪犯。雖然不知道陽介的這些願望，月也會怎麼想。月也只是靜靜地喝完他的咖啡歐蕾。

把空杯子推給陽介後，月也帶著些許不滿接過手機。

「我只能說用保特瓶澆水要小心，因為可能會引發火災，僅此而已。」

「這個建議非常有學長的風格，但我認為小三生的媽媽家裡，陽台可能本來就不適合自動澆水。請想一個絕對不會殺死牽牛花的方法。難道身為一個理科學生，無法回答這個問題？」

「……那個，黑黑粗粗的布，那叫什麼？」

「是遮陽網嗎？」

「對對對。用那個遮陽，還要注意澆水的時機……還是你來回答比較好吧？」

月也拿著手機的手無力地垂下，一副毫無動力的樣子。陽介則果斷地說「不要」，然後將只剩一些吐司屑的盤子疊在一起。

「我很忙。得洗碗、洗衣服，而且今天還是丟可燃垃圾的日子。對了，學長，快換衣服吧。換下來的衣服也要洗。」

「咦，待在家也要做這些事嗎？」

「就是待在家才要維持日常生活啊！」

如果放著不管，他可能會變得更加懶散。陽介用銳利的眼神瞪著月也，然後拿起碗盤開始走動。

頭頂降落一抹灰色。「啊」的聲音中帶著些許尷尬。

「……」

雙手拿著盤子和馬克杯的陽介，只能頂著灰色休閒服直接走進廚房。他把碗放在流理台裡，便立刻返回客廳。

「洗衣服這種小事自己做啦！」

原本要把頭上的休閒服丟回去，結果原來的位置上只剩下金蟬脫殼後的休閒褲。

陽介嘖了一聲，還是決定放過月也。

因為手機消失了。

如果他會好好當理科偵探，那就暫時不需要抱怨了。

＊綠手指〔green thumb〕園藝方面的才能

參考《天才英日辭典》（大修館書店）

第2話　散落的紅鯡魚

隨著黃金週的結束，原本應該告一段落的緊急事態宣言卻被延長到五月底。無論如何，在無法外出的狀況下，日曆已經翻到兒童節那一頁。

（去年去了陶器市集呢。）

那是北關東地區規模最大的陶器活動。當時因為有車站直達的旅遊專車，所以就抱著試試看的心情參加，但完全不懂陶器，最後只是到處品嚐美食而已。即便如此，仍然感到滿足，畢竟旅行的目的是「看到未知的風景」。

再過兩年——月也就會畢業並回到那個城鎮。到時候就沒有兩個人一起出門的機會了。即使之後陽介回去，情況也一樣。只要成為社會人士，生活節奏就會無法配合。

兩人曾經討論過在那之前盡量外出，兼職工作也要試著去做。

然而，兼職工作的班表已經歸零。而且，連外出都被嚴格禁止。

「……」

陽介倚在自己的黑色椅子上，瞇起眼睛望向敞開的窗外。窗外是五月的大晴天，適合外出玩樂的日子，但今天的計畫是「待在家裡」。

明天也是，後天也是。

新冠病毒會讓人們被關在家裡多久呢？就像那個城鎮的風土民情，雖然肉眼看不見，但確實存在，宛如代代相傳的詛咒。到底還要被那片土地束縛多久呢……陽介用嘆息吹散他沉悶的思緒。

「最近流行『新生活模式』，大家都開始整理家裡。但我們家完全沒有在整理，反而是亂成一團，這是怎麼回事？」

陽介的房間裡到處都是各種物品，塑膠繩、塑膠袋、有商品圖的紙盒、某大型電商的紙箱等。陽介注意這堆雜物中有一把美工刀，刀片還露在外面，所以不情願地站了起來。要在發生意外之前撿起來才行。這種時候可不能去醫院。

「我想換換陽台的風格。反正現在很閒。」

「我看得出來。」

陽介光著腳用腳尖踩在一個裝有仿木紋磁磚的塑膠袋上。他想問的是，為什麼月也要在自己的房間做這件事，明明從月也的房間也能進入陽台。

「學長在你自己的房間做就好了吧。不要弄亂別人的房間。」

「哈哈哈，開什麼玩笑！」

「……你一大早就喝酒嗎？還有，材料費你是從哪裡生出來的？」

「第一個問題的答案是NO，第二個問題的答案是秘密。」
月也心情很好地呵呵笑著，依然沒有換衣服，伸出了穿著灰色休閒服的手臂。看起來是想要美工刀。陽介把美工刀交到他那身為農村統治者，但應該從來沒有碰過泥土的白淨手掌，月也便繼續打開紙箱。裡面出現一張漂亮的鐵桌。
「你沒喝酒就那麼興奮，顯然秘密的背後一定有原因。唯一可以想到的就是突如其來的收入……但是所有兼職的班表都歸零了。難道你跑去買股票了？學長該不會有醫療相關的股票吧？」
「我勸你最好放棄我會去投資股票這種想法。國中的時候我已經用當沖的方式刻意重擊我老爸，而且心滿意足，所以不會再做一次了。再者，日下，你這個順序有問題啊。」
月也打開外包裝，一邊哼著歌，一邊開始鋪設木質地磚，毫不在意灰塵。所以他才刻意不換衣服吧。陽介如此想著，坐回椅子上，完全不想幫忙。
（順序有問題……）
他是指什麼順序呢？稍微思考一下，答案馬上就浮現在陽介的腦海中。如果是臨時收入↓陽台改造費，那月也在那之前就露出開心的樣子。然而，直到他收到這些材料之前，都沒有顯露出興奮的樣子。

也就是說，是改造陽台本身讓月也很高興。突然陽介想起一件事，把目光轉向紙箱上貼著的送貨單。雖然是某網購的紙箱盒子，但看起來是重複使用過的。

「從桂家送來，還是真稀奇。你是用方法威脅的？」

「他們對網路不熟啊。我在社群網絡上面寫一些有關桂議員的負面傳聞，靠我擁有的知識擊潰他們。這就是報酬。」

「怎麼不是現金？」

「我才不想從那種傢伙手裡拿錢。」

明明拿錢最方便。陽介一邊碎唸一邊撿起彈到腳邊的塑膠片。趁月也把陽台改造成木造風格的時候，整理家裡應該比較有建設性。陽介抱著放棄的心態，再度起身。拿起不知道裡面放了什麼的塑膠袋，開始收起垃圾。

「是說，你放著不管不就好了？如果謠言成真議員下台，學長不就能獲得自由了。」

「還沒有到那種程度，所以我才選擇保持沉默。」

月也的聲音變得低沉。不知道是月也覺得解釋很麻煩，還是陽介發現「不要再問下去」的言外之意，索性閉嘴不再繼續追問。

（和桂議員相關嗎？）

雖然不是本人，卻與本人有關的傳聞。而且，月也主動隱瞞這件事，那就表示他散布的是「與桂月也有關的謠言」。

（雖然不至於讓議員下台，但對前輩來說很麻煩的傳聞，應該只有那件事了吧。）

陽介唯一能想到的只有一件事。月也並沒有直接出手，而是當作籌碼，向自己的家人賣人情，因此成功獲得物資，這就是他心情好的原因。

（真是麻煩的人生呢。）

陽介一邊綁塑膠袋一邊忍不住搖頭。只因為父母是知名人士，連帶著小孩也受矚目。更何況是政治家，一定有很多敵人吧。

在那個城鎮裡，陽介也算是小有名氣。不過，那只是因為他的父親、祖父和祖先們一直扮演傾聽當地居民煩惱的角色。大家都喜歡的諮詢者和擁有權力的「桂家」，乍看之下很像，但其實完全不同。

因此，一旦離開這個城鎮，陽介就如同散落在房間的塑膠片一樣，沒有人會特別關心。

「……桂學長，我來幫忙。」

「好。那就請日下負責擺放桌子和椅子吧。那邊已經鋪好了一半了。這裡都完成之後……」

「就是下午茶時間了吧。咖啡和紅茶，要喝哪一種？」

「跟你一樣就好。」

明明是政治家之子，回答卻毫無決斷力。陽介搬動實際重量比外表輕巧的鐵桌，微微皺了皺眉頭。對於負責家務的人來說，「隨便」最讓人困擾。

要選哪一種呢？在無法抉擇的狀況下，陽介又搬了兩張一樣的鐵製椅。保持這些新傢俱一塵不染，想必又是自己的工作了。一想到這裡，就覺得無力。就在這個時候，牛仔褲口袋裡的手機開始震動。

「學長，有新的委託進來了。」

月也剛鋪完最後一片仿木地磚。他滿足地用右手的手背拭去額頭上的汗水，隨即便坐上鐵椅。

他把右手撐在圓桌上，用一種奇特又有架式的樣子蹺二郎腿。然而，他滿是灰塵的灰色休閒服毀了一切。

「說吧，日下學弟。」

「請看手機，我先去泡紅茶。」

陽介把手機留在桌上，返回室內。穿過沙發和桌子之間的縫隙進入廚房。雖然說是紅茶，但也沒有到專賣店買茶葉的餘裕，家裡的是一百個只要三百日圓的茶包。

馬克杯也是在百圓商店購買的。看起來一點也不協調的黑白色。難得去年去了一趟陶器市集小旅行，應該要買一對好看的杯子才對，現在想想有點後悔。

（當時一定以為隨時都能再去吧。）

陶器市集的工作人員應該也沒有想到今年無法辦這個活動。不對，全世界應該都沒有人預測到這樣的未來吧？

今後，未來……籠罩著陰霾。陽介強制中斷思考，從餐櫃拿出黃色包裝的茶葉。

即使是便宜的茶葉，只要注意一些重點，就可以泡得很美味。雖然只是在網上搜尋得到的簡單知識，但確實可以透過一些技巧改變味道。

重點在於水一定要煮到沸騰。先預熱杯子。倒入熱水後，再輕輕放入茶包，蓋上杯蓋。如果有茶具組，可能會搭配茶碟，但這個家裡並沒有這種細緻的東西，所以用一般的小盤子代替。

接著，只需要悠哉地等兩分鐘。

拿出茶包的時候也不要慌張。輕輕搖晃，輕輕取出。如果這樣做紅茶就能變好喝，當然值得花這個時間。

「是什麼樣的委託呢？」

他拿起黑白馬克杯之中的白色款放在月也面前，陽介也坐在椅子上。這組鐵製的桌椅比較適合英式花園，即便陽介不是穿休閒服，看起來也不太搭。更何況是這個滿是灰塵又有室外機的陽台，似乎不太適合這種裝飾品。

「嗯……算是一個令人苦惱的委託吧。」

說得不清不楚的月也喝了一口杯中的茶。不知道是不是太燙，他皺起了眉頭。之後他沉默不語，意思就是要陽介先看完委託書。

陽介換左手拿杯子，用右手拿著手機。

【暱稱　新婚妻子】

您好，理科偵探。

我和職場的同事或朋友商量，大家都表示不想聽新婚甜蜜的話題，所以我很困擾。這個時候我發現您的商店。想說五百日圓就能諮詢的話，應該能試試看。

我想諮詢的是有關我先生的奇怪習慣。結婚之後，我們兩個人一起住，那時我才第一次發現先生有這樣奇妙的習慣。

我先生在公家機關上班，所以沒辦法遠端工作，每天都要通勤，下班時間很晚，感覺應該很辛苦。我在想可能是因為太累才會這樣，但怎麼想都覺得很奇妙。

首先，我先生不會把鞋子放好。在玄關脫下襪子之後，就會丟在原地。一邊走向客廳一邊解開皮帶，皮帶也丟在走廊上。長褲大部分都是丟在客廳的沙發上，領帶丟在廁所前，西裝在更衣室，只有襯衫和內褲會放進洗衣機。

每天都這樣。無論我怎麼叮囑他都沒有用。既然可以把襯衫放進洗衣機，其他的衣物也可以放進去才對啊。西裝如果有皺褶就糟了。我覺得至少襪子不要亂丟吧。

男人都這樣嗎？
還是我太過在意這件事了呢？
身為一個好太太，老公亂丟衣服這種小事，是不是應該笑著帶過呢？
如果您有什麼好建議，請告訴我。

閱讀完畢的陽介將手機放在鐵桌上。一邊喝紅茶，一邊靠在椅背上。透過襯衫的布料，他能感受到金屬傳來的寒意。今天的陽光似乎沒有到刺眼的程度。

「究竟是哪裡『困擾』呢？」

「不，這很困擾吧。你多發揮一下想像力，試著想像整個情境嘛。」

陽介閉上眼睛，試著以影像的形式回想郵件的內容。一位年輕的妻子正在收拾散亂的衣物。她一邊抱怨，一邊沉浸在自己的世界裡，對新婚生活充滿期待。難怪會被朋友說是新婚的甜蜜話題。

「真是和平啊。」

陽介喝著紅茶。這封信應該是想要有人傾聽牢騷而已吧。大概是想要聽到「祝您幸福」或「新婚生活真是火熱」之類的普通回應。竟然接到這麼和平的委託，陽介露出陽光般的笑容。

「日下，你的眼鏡，度數可能不對吧？」

「確實，從高中開始就沒換過了。不過，入學的時候我馬上就做過視力檢查也沒有變化，連學長眼屎也能看得清楚。」

「咦？說起來，我好像沒有洗臉呢。」

「雖然只能待在家裡，但還是要打理整齊。就算性格洗不掉，但臉和衣服卻可以洗得乾乾淨淨。」

陽介語畢哈哈大笑。月也咂嘴說「要你管」，然後揉了揉眼睛，又眨了幾次眼才說：

「她那個丈夫，搞外遇了。」

突如其來的驚人言論差點讓陽介噴出紅茶。他輕輕咳了一聲，把杯子放回桌上。

「外遇啊……他們不是新婚嗎？」

「所以呢？我們家老爸也算是新婚時就外遇了。」

「……」

「根據網路上的傳言，我是外遇對象產下的私生子了，正妻因為不孕待在娘家很沒面子，就虐待我這個沒有血緣只有戶籍關係的兒子。不過，這些傳言在那個城鎮都被遮掩得很好。你可能沒聽說吧。」

「我知道啊。去年，你不是跟我說過了。不過，網路上居然會流傳這種事情啊。『外面』的世界真是厲害。」

「那個城鎮才異常吧。難道這個世界只有好人存在嗎？」

「因為他們不擅長面對風浪吧。畢竟那裡的人古板又保守。只要平平順順，過著和昨天一樣的日子，他們就心滿意足了。」

「既然如此，就應該要打破這種狀態。早知道就去突擊那些相信謠言的媒體。」

「就算這麼做也沒意義啦。就像學長說的，那個城鎮會遮掩這件事。沒人知道學長左邊的……」

陽介無法繼續說下去，只能咬住了嘴唇。視線停在月也的左腰。

他知道那裡有一道疤痕。那是年幼的月也被母親傷害留下的疤痕，也是他想成為罪犯的原因之一。

——因為差點被殺死，所以決定殺人。

這是多麼單純、幼稚的動機。在沒有得到矯正的狀態下，一直延續到現在。這也反映出問題的本質有多麼單純。

「……如果一直被愛，就不會去想什麼完全犯罪了吧。」

「很難說。這或許是天生的性格。」

「性格的確是很差勁啊。」

陽介輕輕笑了笑。他希望透過調侃，能吹散變得沉重的氣氛。好不容易能夠兩個人一起生活，陽介希望能夠暫時忘記「父母」。

月也應該也有同樣的心情。因為他也選擇結束這個話題。

「是說，先不談我無聊的身世。你試著模擬一次丈夫的行為吧。順序有問題啊。」

「又是順序嗎？」

陽介癟著嘴環抱手臂。他把剛才新婚妻子的視角，在腦中切換成丈夫的視角。

在玄關脫下皮鞋。不會放好鞋子這一點，月也也一樣。從拖鞋區踏入室內，他一邊脫下襪子，一邊丟在原地。當他走向客廳時，接下來脫掉的是——

「咦？不是應該先脫西裝外套嗎？」

這位丈夫先解開皮帶。雖然沒有錯，但自己應該會先脫掉上衣。標準西裝的長度通常會過腰，要解開皮帶就需要稍微撩起西裝外套。雖然不至於麻煩，但確實有種不對勁的感覺。

「如果是我，一定會先解開領帶。太悶了。」

「不過，這位先生是從下身開始脫。領帶在廁所前，西裝在更衣室，襯衫在洗衣機……看起來像是整個家的動線。」

「除了動線之外，還有其他發現吧。」

「……我就是連基本都不懂才當助手啊，理科偵探。」

陽介聳了聳肩，月也輕輕皺眉。他喝了口紅茶，陽光讓他瞇起了眼睛。

「是味道。」

「味道……」

「如果是廁所或浴室前面的話，如果衣物有什麼花香或柑橘的味道，可能會以為是芳香劑或盥洗用品的香味。再來是襯衫。一般來說，不會把已經丟進洗衣機的衣物拿出來聞。除非是有什麼特殊癖好，否則一般人應該不會這麼做。就算聞到了，也可以主張是洗衣精的香氣。」

呼——月也發出了一聲長長的嘆息。

「問題是，這個丈夫想要掩飾什麼味道？」

「……」

「最重要的是襯衫上的氣味。而且每天都這樣。如果是在辦公室的某個角落幽會呢？即使可以脫掉領帶和西裝外套，也不可能脫掉襯衫。萬一有人進來那就麻煩了。只能穿著衣服——」

「好了好了，學長。這位丈夫是想要掩飾外遇對象的香水味對吧。到處丟衣物，是為了轉移太太的注意力……」

明明是新婚……陽介咬了咬下唇。月也喝了一口紅茶，發出一聲深深的嘆息。

「喂，日下。如果你知道我出軌了，會怎麼辦？」

「呃……」

「以後啊，他們一定會叫我跟哪個千金小姐結婚。跟我喜不喜歡沒有關係，如果我就突然中邪，和某個人搞外遇。到時候你會怎麼告訴我太太？」

「我什麼都不會說。」

陽介立刻回答。

「我基本上是站在桂學長這邊的。而且，我可不想被捲進這種糾纏不清的紛擾。」

「啊，也是啊。糾纏不清的紛擾，一旦捲入其中就很麻煩，你說得沒錯。」

月也點頭表示同意，然後伸手去拿陽介的手機。裝好電子菸，他開始思考怎麼回覆這位新婚妻子。

「這個人只是諮詢，我就算說點謊也無所謂吧。反正只要不傷害委託人就好。」

「學長所謂的謊言，怎麼想都不太可靠……只能說以服務的角度，必須以消費者最能接受的形式提供。不過，真的沒有什麼內情吧？畢竟學長看起來很喜歡騙人或陷害人。」

「你一點也不相信我耶。那就你來想啊。想想她老公為什麼要這樣亂丟衣服。」

「這個嘛……」

陽介站起身，隨意地倚在欄杆上，凝視著一條沒有人來往的街道。

突然，傳來一陣尖銳的聲音。順著聲音看去，不用上學的小學男孩們露出粗俗的笑容，戴著口罩反而像是在扮什麼秘密組織。

（孩子真好啊。）

陽介對著那些無憂無慮的身影苦笑，用紅茶潤了潤嘴唇。

「就說他是在跟老婆撒嬌怎麼樣。像孩子一樣亂丟衣服，覺得老婆生氣的樣子很可愛。」

「你這傢伙……」

「我只是單純幻想而已！」

「我是無所謂啦。但是，日下，你真的只想用這種謊言回覆嗎？要是真相揭曉，『理科偵探』的聲譽就會受損。大家會說那個爛偵探，連丈夫的外遇也看不透。我是沒關係，但你可以接受嗎？」

月也投出筆直的視線之後歪著頭。陽介也搖搖頭，心想的確是不想要負評。話雖如此，也不想突然告知快樂的新婚妻子可能面臨老公外遇的窘境。

「有沒有什麼比較恰當、傷害較小的表達方式呢？」

「這我倒是有一個好主意，你想聽嗎？」

「……」

月也狡詐的笑眼，即便有溫度，也只可能是負數。陽介用充滿懷疑的心情看著他的眼神。月也一定打從一開始就打算誘導自己接受他的意見。

「雖然非我本意，但也只能這樣。總之我先聽聽看。」

「其實也沒什麼。只要建議她用『歡迎回家之吻』的方式迎接老公即可。」

「……只要這樣就好嗎？」

「嗯，這就夠了。老公想要掩飾氣味，結果妻子在他掩飾之前就靠過來。這不讓他背脊發涼嗎？這樣他可能會停止外遇。或者是委託人會在那之前發現老公外遇。無論如何都能守住理科偵探的名聲。」

嗯……陽介沉思著。

考慮到月也的性格，這個方法應該還有什麼陷阱。他對「桂」一家乃至整個人類，都抱持否定的態度，陽介試圖考量這一點再檢視「歡迎回家之吻」的可行性。

然而，月也的這個方法，實在無法讓人想到其他更糟糕的可能性。

「這或許是最好的方法，畢竟事情是這位老公自己搞出來的，我們能做的也有限。」

「那就這樣決定了。」

月也露出彷彿魔鬼上身的笑容，開始操作陽介的手機。陽介看著他從未沾染過泥巴的白皙手指，低聲說：「某種意義上……」

「這算是一個甜蜜陷阱。」

兩個人異口同聲這樣說，陽介和月也一起哈哈大笑。

＊紅鯡魚〔Red Herring〕分散注意力的東西

第3話　獻給你的紫色

陽介坐在陽台的鐵椅上，茫然地望著天空。他久違的收到教育學系發來的郵件。郵件中記載著前天，也就是五月十六日文部科學省發布的方針。

由於新冠病毒導致停課，相關課程延誤的部分只能明年度再補上。畢竟授課天數不足，這也算是理所當然的處理方式。

（今年入學的學生應該很辛苦吧。）

依稀記得親戚的小孩之中，有一個春季要開始上小學的女孩。那個孩子有參加入學典禮嗎？那個位於東北鄉下的城鎮，目前尚未出現感染者。而且，人數少到根本不用擔心密切接觸——人口實在太稀少了。

不，比起那個即將就讀一年級的小女孩，自己還有個問題更大的家人。

（那傢伙，能參加高中入學考試嗎……）

想起今年升國三的妹妹，陽介不禁皺起了眉頭。忘了吧，畢竟是「妹妹」。

那個古老的鄉下村莊，長男為尊的思想根深蒂固。

在鄉村，家父長制度絲毫沒有退流行，只因為是家中的第一個兒子，就自動決定他要繼承「家業」的命運。即便找其他想做的事情，家人也不會認同。不，就連理解都辦不到。

你是長子當然要繼承吧？理所當然的想法，讓思考瞬間停滯。
大家都沒有意識到，這是一種束縛。
至於第二個出生的孩子，身為女孩的妹妹，就沒有這樣的羈絆。大家反而期待她能離開家——在別人家成為一位出色的妻子。
生活在現代的妹妹，非常能理解這種自由。
她完全沒有繼承家業的壓力，在漫畫的影響下輕描淡寫地說著未來想在巴黎學習設計之類的話。
——哥哥只要繼承「日下」這個姓氏，就能輕鬆自在了吧……
必須靠自己的力量來決定未來，實在太辛苦了……妹妹故意深深地嘆了口氣。瞇起眼鏡後面和陽介一模一樣的眼睛。搖晃著遺傳自母親的捲髮。摩娑著和父親——也和陽介一樣的矮鼻子。
她彷彿在強調，我是自由的。
「……真是火大！」
陽介用握著手機的手狠狠敲在桌上，彷彿揍向那個讓他越想忘記就越清晰的身影。小圓桌的另一側，正好吐出電子菸煙霧的月也，被陽介的動作嚇了一跳，肩膀不自覺地抖動了一下。

「呃，你是不是一直都討厭菸味啊？」

「確實不太喜歡，但不是這個原因。是因為想起了我妹。」

「喔，妹妹。」

月也點頭表示理解，然後呼地吐出了一口煙。

「我是獨生子，所以不太懂有兄弟姊妹的感覺。如果身邊有個自由奔放的傢伙，肯定很煩人吧。」

「無所謂。我才沒有妹妹這種東西。比起這個，我果然還是很討厭菸味。難得的好茶都變難喝了。」

「這不是便宜的焙茶嗎？」

「對啊。理所當然地拿出當季新茶的桂家，一定喝不慣這種大量生產的垃圾茶吧！」

對妹妹的不滿，不知不覺中轉向了月也。月也總算記得要換衣服，穿著灰色卡其褲的修長雙腿再度蹺起二郎腿，然後嘖了一聲。他關掉抽到一半的電子菸，然後手肘靠在桌子上，再用手撐著臉頰，喝起便宜的焙茶。

「真的是……好廉價的味道。」

「……抱歉。」

「反正都要選便宜的，那就買玄米茶啊。像喜代那樣。」

「啊，幫傭的喜代奶奶泡的玄米茶真的很好喝。說是隨便一家超市都買得到，她這樣說的時候還帶著抱歉的微笑。」

「為什麼會那麼好喝呢？」

「如果不講科學根據也無所謂的話，或許那是因為她很用心泡吧？」

相比之下，月也母親使用漂亮綠色茶葉所泡出來的茶並不好喝。回想起那個味道，陽介皺了皺眉。那根本就是在屠殺茶葉。不對，那應該是在屠殺月也的心。

「以現在的技術要用科學談論心很難，所以我也無法判斷。不過，先不論泡茶的人用不用心，好不好喝還是跟喝茶者的心情有關吧。」

「喝茶者的心情？」

「嗯，當人感到緊張時，唾液的分泌量會減少。味覺實際上是由味蕾感知對唾液中溶解味道的物質而產生，所以唾液分泌量減少就會不容易感知味道。因此，和討厭的人一起用餐會覺得東西不好吃，在科學上也是有道理的。」

月也像是一位自以為是的教授，晃著電子菸的菸頭。按照他的邏輯，喜代奶奶泡的玄米茶之所以好喝，是因為對方不是討厭的人。

陽介一邊斜眼觀察月也，一邊將嘴唇貼在那個能裝咖啡和紅茶的黑色馬克杯上。他啜飲著香氣濃郁的焙茶。即使是自己泡的茶，他也不知道該如何評價。

月也端起白色馬克杯。發出粗魯的聲音喝了一口，然後輕輕吐了口氣。

「焙茶好喝嗎？」

月也將視線投向陽介。然後他轉移到蔚藍的天空，再次含一口焙茶。他慢慢眨了眨眼，將目光轉向杯中。

「……秘密。」

然後，繼續喝著焙茶。陽介嘖了一聲聳了聳肩，最後還是笑了出來。一臉無奈的樣子。

（偵探的話還是不能盡信啊。）

根據以上的對話他已經猜到陽介的意圖，就是想讓他說「好喝」。

這表示不喜歡交朋友的月也，實際上已經接受了對方。因此，未來他可能再也不會說出好喝這兩個字了。

更何況是兩年後就會結束的關係。

這段僅限大學時期，宛如悠閒午後的自由時光。在這段時間裡，可以不受鄉村老舊觀念的束縛，也不會被不需要的權力或「血緣」所困擾，就像是飛機經過亂流一樣的自由。月也絕對不會承認，這段時光裡有陽介存在。

因為對這個再過兩年就會結束——將來絕對會割捨的存在，敞開心胸、給予關心，也不會有什麼好結果。

「雖然說是秘密，但你這是等同於坦承了吧。」

不甘心的陽介低語。

「不好說，既然沒有被觀測到，那就無法確定資訊在哪裡。把不否定當成肯定，未免也太草率了。即便是一廂情願這樣解讀，你心中的訊息量也不會改變。」

「如果一廂情願可能帶來改變，對我來說已經足夠了。」

陽介喝了一口焙茶。

「我覺得還滿好喝的啊。」

「……說到喜代，我就想起米袋的童謠。」

露骨地轉移話題，也是改變資訊權重的方法。陽介雖然這麼想，但沒有說出口，用沒有拿杯子的左手，假裝玩接沙包遊戲。

「三袋米有一袋被蛇咻咻地吃掉了。」

「兩袋米有一袋被狐狸咻咻地吃掉了。」

陽介唱起更像在朗讀的兒歌，月也也跟著哼起來，同樣開始做起憑空接沙包的遊戲。

「一袋米最後被蟲咻咻地吃掉了……」

「這首歌啊，怎麼看都有種童謠殺人的感覺。蛇、狐狸、蟲這樣的元素，真是讓人毛骨悚然啊。」

「你果然這麼想。桂學長，請不要真的付諸實行啊。」

「不，我總有一天會實行的。等我想到完全犯罪的方法。」

「……真是的。」

陽介深深地吐出一口氣，將焙茶含在嘴裡。微微感到不太好喝，可能是因為有點不安的緣故吧。在捕捉到那個魔鬼般的側臉後，陽介輕輕地推了推眼鏡。

「請繼續當偵探吧。」

「啊，這就是你的目的？」

「……不，理科偵探只是個一時興起打發時間的娛樂罷了。整天窩在家裡，會讓精神崩潰啊。不過，桂學長在動腦的時候，顯得很有活力。」

「有活力嗎？如果是這樣的話，倒是希望你能多接一些『理科』的案子啊。」

月也一邊抱怨，一邊伸手去拿桌上的手機，瀏覽被放著不管的委託信件。

那封信寄達的時候，他們正在吃只有雞蛋和蔥花的炒飯，度過簡樸的午餐時光。雖然準備了一樣只有蔥花和蛋花的中式湯品，但不得不讓人想加點叉燒。進食的時候動腦會導致消化不良。聽了月也那一套關於血流等影響消化的大道理之後，就沒有動手去確認委託的內容。之後也拖拖拉拉的，先整理餐具，為了準備享受下午茶而泡了焙茶，但仍然提不起勁。

「啊～不行了。這次委託的案子看來也與深邃的宇宙毫無關聯啊。」

「那種案件適合兒童諮詢所或科學館吧。畢竟，桂學長你也不是學宇宙物理學的吧。我記得你是學資訊物理學之類的偏門學科吧？」

「沒錯，宇宙是透過資訊來描述的，是一門優雅的學問。雖然這是一個把宇宙想像成一台巨大的電腦，算是相當粗糙的理論。如果像自然界中的自我相似形狀那樣，每個個體的資訊處理模式都以自我相似的方式重複，而宇宙是由龐大的資訊模式組成，那麼個體研究就有可能與宇宙相關，這不是很有趣嗎？也就是說，我可是有好好地在研究宇宙啊。」

「我是沒聽懂啦。不是先有宇宙，才有個體存在嗎？這和學長的論調不是相反嗎？」

「沒差啦，反過來說也一樣。巨大宇宙的自我相似其實就是個體——乾脆就隨便定義為人類好了。就這個層面的意義來說，『理科偵探』就能成為了解人類思考模式的契機，這樣滿有趣的。」

月也看起來真的很開心，像個孩子一樣眼中閃爍著光芒。然而抖動的睫毛看上去又好像有點寂寞，他把手機遞給了陽介。

【暱稱　優香里小姐】

初次見面，您好，理科偵探先生。

這次諮詢之前，我需要稍微談一下我的背景。

其實，我去年春天再婚了。我的新伴侶也是離過婚的男人，他有一個即將上小學四年級的兒子。

我想諮詢的是關於這個男孩，也就是與我沒有血緣關係的兒子。

突然出現新媽媽，我能理解他不能馬上接受的心情。因此，我不敢奢求他叫我「媽媽」。只要叫我「優香里小姐」就已經讓我心滿意足了。

然而……這個孩子客氣得有些奇怪。只要把他的行為當作是天真可愛就沒事了……但是他有禮貌到反而顯得像是在貶低人，應該是說太彬彬有禮了。總之讓我不禁懷疑，他是不是有什麼其他意圖。

兒子每天早上都會對我說「早安，優香里小姐。您今天也很美呢」。光是這一點，就已經不像是一個小學四年級的孩子會說的話吧！

接著，兒子在吃早餐時也會這樣說：「我開動了。今天的擺盤也很可愛啊。」即便只是吐司配沖泡的速食湯，他也會這樣說！

他離開家時，道別也有一套固定的說詞。「我去上學了。今天也很高興美麗的優香里小姐送我出門。」

最後是睡前。「晚安，優香里小姐。今天也度過宛如陽光般燦爛的一天，真是感謝啊。」

有點……恐怖吧！

當然，我也試著和丈夫討論過，但他總是笑著說是因為那孩子喜歡推理小說，所以我也沒辦法多說什麼。

雖然沒有聽到什麼難聽的話，但這麼彬彬有禮反而很有距離感……

我是不是被討厭了呢？

我是真的想了解那個孩子……卻成了一個沒用的母親，我真的很不甘心。

讀完委託內容後，陽介輕輕咬了咬嘴唇。他輕輕地把手機放在桌子上，將目光轉向天空。一片美麗的藍天。世界上的確存在因為新冠病毒而獲得藍天白雲的地區。經濟活動已經停滯到這種地步。

「學長。我們也有選擇案件的權利——」

「我沒關係。反正我又不是再婚對象的兒子，『媽媽』也不是只有一個。雖然我有時候也會希望我媽乾脆被蛇吃掉算了。」

「不要說那麼危險的話，這樣茶會變難喝的。」

「是嗎？我反而會喝得更開心耶。」

月也真的一臉很愉快的樣子，一邊哼著歌一邊喝茶。他並不在乎陽介瞪著眼的視線，甚至覺得那只不過是稍微毒辣的眼神而已。他以興奮的口吻繼續說：

「被狐狸吃掉的應該是老爸吧。不要讓他第一個死，這樣在心裡才會有下一個可能輪到自己的精神壓迫感，感覺也挺有趣的。」

「那最後一袋米是……」

「應該是我吧。這樣桂家的血統就會消失得一乾二淨。」

「……真是的。」

陽介原本拿起馬克杯要喝茶，卻在中途放下。再這樣下去，茶怎麼喝都不好喝。這都是月也的錯。

「我絕對不會讓殺人計畫成功的。我會阻止你。」

「哦？怎麼阻止？」

「我會被蟲子吃掉。如果可以的話，在殺死桂家夫婦之後再被吃掉也沒關係。我絕不會讓學長親手去做那種事。」

「為什麼你要做到這個地步啊？」

「因為我想要阻止你啊。不想讓你變成罪犯。這還需要理由嗎？」

「這明明對你沒什麼好處啊。」

「那可不一定。我相信這個選項會讓茶變得更好喝。」

陽介輕笑了一下，喝了口焙茶。茶已經有點涼了。陽介一邊想著焙茶應該要喝燙一點的，一邊深深嘆了口氣。

「先不管剛剛的玩笑話！優香里小姐的兒子到底在想什麼呢？雖然他把華麗的辭藻模式化，但我可不認為一個小學四年級的男孩會策劃謀殺。」

「沒錯，其實完全相反。這是個可愛的密碼。」

月也開朗地哈哈大笑。這一笑彷彿把剛才那些謀殺計畫都吹散。話雖如此，平時銳利的目光和邪惡的氛圍依然存在，他的笑容並沒有讓氣氛變得平和。天空似乎也多了一些雲。

「密碼嗎？」

陽介把咖啡杯放在桌邊，然後摘下眼鏡。他用襯衫的下襬擦拭了一下再戴回去，但如此一來只是把汙漬抹開而已。看來不能嫌麻煩，應該要用眼鏡布擦才對。

「話先說在前頭，今天雖然眼鏡有點霧，不過還不至於看不清楚字。」

「什麼，這樣就沒什麼好吐槽的了。」

「吐槽……雖然裸眼視力不到0.1，但是考量衛生問題，我反對戴隱形眼鏡。而且我也不喜歡把眼鏡視為人設之一。眼鏡單純只是一個矯正視力的工具，並不能具體呈現出我這個人的本質——」

「好了好了！」

月也輕輕舉起雙手表示「投降」，讓陽介閉嘴。

「這次的委託感覺很親切啊。」

「是嗎？我覺得像平常一樣。」

「你還真是瞎了眼耶。明明兒子的父親已經給了很多提示。而且父親保持沉默，說明他早就注意到了密碼。不過，我也覺得這應該由優香里小姐本人來解開才有意義。」

月也點燃了新的電子菸，然後打開電源。儘管皺著眉頭，陽介還是保持沉默。焙茶只剩下一點點了。目前沒有罵月也的理由。

「話雖如此，叫她自己解開密碼，未免也太亂來了吧？」

「的確是……也就是說，這次委託最難的部分在於要製造出讓她自己解開謎底的錯覺。」

「什麼意思，你這聽起來像是催眠暗示的可疑回答。罷了，反正學長平時就經常說一些可疑的話。」

「你對我說話還真是狠毒。」

「當然啊。你這個人在日常談話的時候就會說出『完美犯罪』這種詞，不就等於叫別人懷疑你嗎？」

「我也不至於對除了你以外的人說啊。」

「我不需要這種信任。」

「好啦好啦。比起這個，日下，你只是沒注意到而已。關於這個密碼，你其實已經找到答案。你只是對那個答案沒有信心對吧。所以才裝作不知道，藉此和某人核對答案。」

一口細長的煙霧被吐了出來。由於煙霧不是從前端加熱處冒出來，所以對非吸菸者來說，不像傳統的紙捲菸那樣有害。但是香菸的味道，還是會擴散開來。

陽介大幅揮動手臂，試圖驅散煙霧。

「你說我已經知道答案了？」

「嗯。沒問題，日下你的答案是正確的。所以再一次慢慢地回顧委託信吧。你應該會注意到不斷重複出現的單字。」

陽介按照他的話拿起了手機。打開委託信件，按照月也的建議，開始慢慢地仔細閱讀。

（重複出現的單字？）

這麼說來，「今天也」這個詞彙引起了他的注意。

「不過，那孩子真了不起。連我平常都不怎麼打招呼了。他還能在不同場合中都恰當地打招呼。竟然能像時鐘一樣，確實地打招呼。真是讓人佩服。」

「……而且，『今天也』這個詞和打招呼已經是成雙成對地出現，這一點很重要對吧。招呼不太可能會忘記，難道說和順序有關？」

「那孩子會選擇不符合年齡的詞彙，應該是像父親說的『因為他喜歡推理小說』吧。他在閱讀中學到的詞彙，與打招呼的用語相結合，然後就這樣輸出給優香里小姐。」

每當提到『推理小說』這個詞時，月也有種蓄勢待發的感覺。這種強調表明他希望引起注意。在眾多故事中，指定『推理小說』這個類型，應該也有其含義。

然後，將詞彙與招呼結合成——密碼。

「如果你還是沒信心，那就再讀一遍吧。優香里小姐已經寫出正確的答案。

剩下的就是不要害怕，去收集答案，然後發現它就好。」

「……」

按照打招呼的順序，專注於「今天也」這個詞，然後整理出答案……

今天也很**美**呢。

今天的擺盤也很可愛**啊**。

今天也很高興**美**麗的優香里小姐送我出門。

今天也度過宛如陽光般燦爛的一天，真是感謝**啊**。

「是『**媽媽**』！」

「也許吧。」

月也吐了一口煙，咧嘴笑了笑。

「密碼不是我設計的，所以只能由那孩子來核對答案。唯一能說的是，優香里小姐絕對沒有被討厭啦。」

「應該是說兒子非常愛她呢！」

陽介帶著滿足的心情把焙茶一飲而盡。即使討厭電子菸的味道，最後一口仍然充滿了幸福的滋味。那一定是因為那個不敢坦率叫「媽媽」的害羞男孩，努力用文字遊戲在表達愛。

「雖然是非常美好的故事……不過，桂學長現在是拿我當實驗品吧？看看這個回答是不是能讓對方誤以為是自己揭開謎底。」

「那是因為你知道答案啊。不知道答案的傢伙，做了實驗也沒用吧。」

月也大笑出聲。他周圍瀰漫的煙霧，亂糟糟又捲翹的漆黑頭髮，足以用鋒利來形容的眼神，還有他一心想著完美犯罪的思考——陽介將這一切負面印象轉換成一聲嘆息。

「身為教育學系的一員，我能給你一點建議嗎？」

「當然可以，畢竟開始經營『理科偵探』的也是你嘛。」

月也以一個誇張的動作，將手心朝向陽介，像是在說「請暢所欲言」。陽介用雙手握住空杯，緩緩眨了眨眼。

「既然知道答案，那就用密碼的方式告訴她。要理解孩子的心，最好的方法就是和孩子做一樣的事情。雖然不是什麼鏡像神經元，但模仿是產生『共鳴』的第一步。總之，就算撇除困難的事情，應該也會單純覺得開心吧。就像在玩間諜遊戲一樣。」

「……那日下你也願意考慮一下完美犯罪嗎？」

「這種共鳴我就免了。比起這個，學長能陪我一起去買東西嗎？」

「不是說要盡量減少活動的人數嗎？你一個人去不就好了。」

「米吃完了。搬十公斤的話需要勞動力。如果以後要變成吃米袋的蟲，今天就要先把米運回來。」

「什麼——」

「有意見的話，就找家裡幫忙吧。明明在農村，居然連米都沒有送來，這對獨自一人生活的大學生來說很稀奇吧？」

「我們是兩個人一起住啊。」

「你不要太得意忘形了！我可不認識無法辨別茶好不好喝的人。好了，快點行動！因為新冠病毒的關係，物流也不是很穩定。可以的話，今天一定要買到衛生紙。」

「那個啊，在博弈理論上叫做囚徒困境——」

「我沒有問這個！」

陽介強行拉起了一直懶散坐在原地的月也。月也嘖了一聲之後，終於邁開腳步，陽介則拿起留在桌上不成對的杯子。白色杯子裡的茶雖然有被喝光，但杯底無可避免地殘留了乾涸的焙茶，呈現出一輪新月的模樣，陽介微微笑了笑。

儘管月也從來沒有說焙茶好喝。

不過，截至目前為止，陽介端出來的食物，他從來不會剩下。

「……學長！不要忘記口罩啊！」

「好啦好啦。」

室內傳來一聲毫無幹勁的回答。雖然兩者之間沒有絕對關係，但走遍了藥妝店，仍然沒有找到滾筒式衛生紙。

這表示明天還要再次化身購物吉普賽人了。

＊紫色〔purple〕（貶義）過度修辭

第４話　向黃色書背道別

『高中棒球聯賽宣布取消夏季甲子園』

晚上九點前。電視裡的男性旁白以一種單調的聲音宣布這個消息。雖然這不是今天第一次聽到這個消息，但在紅色的雙人沙發上，兩人第一次一起聽到這個消息。

或許正因如此，陽介突然自言自語。

「高中棒球選手會是什麼心情呢？」

「這個嘛，我不懂體育迷的青春……不過今天是二十日吧。緊急事態宣言已經過去一個多月了。這個判斷是不是下得有點晚了？」

「全國高中體育大會很早之前就決定取消了。」

記憶中，那是四月二十六日的事情。東京奧運甚至在三月三十日就正式決定延後了。而甲子園好像一直都很悠哉的樣子。

這段期間，大家充滿期待和不安。最終，卻得出了這個結論。

「果然……總覺得未來很空虛啊。」

陽介歪著頭，用略帶詩意的方式這樣說。

之所以無法想像，可能是因為不會有什麼像樣的未來吧。唯一確定的是兩年後，月也會畢業。然後再過一年，輪到自己畢業。
在那之後——陽介故意視而不見。
如果考慮更近的未來呢？其實再怎麼想也是一片空白。原本預計會被打工或上課填滿的計畫，現在變得一片空白。即便沒有這些事情，大學生本來就過一天算一天。陽介喜歡這種前一天才會知道明天要做什麼的隨遇而安。
「九月的時候要不要去哪裡玩？」
「咦？」
「嗯，就是啊，反正疫苗也不是馬上就能打。之後的情況或許會比現在更糟糕，連黃金週我們也一直都在家待著……反正，我們現在的存款還夠。」
「好啊，走啊！」
「……」
不知道是不是因為陽介比想像的還要興奮，月也一臉難為情地抓起遙控器，將頻道切換到他每週都會看的刑警劇。
瞥了一眼開場槍口冒出的白煙，陽介站起身來。
「我去泡杯茶。」

進入廚房看到冰箱時，陽介的眉頭皺了起來。身為負責三餐的人，他不用開冰箱就知道裡面的狀態。

冰箱幾乎是「空的」。

主要是因為尊重待在家裡的政令，所以減少外出的次數。同時也是因為對家庭預算——恩格爾係數感到不安。

月也拒絕從家裡寄來的生活費。他想要打工賺取生活費，但目前處於零排班的狀態。

陽介也刻意不靠家裡支援。好不容易逃到首都圈，希望多少能因此斬斷關係。在物理距離數百公里的情況下，他不想被當作是需要扶養的家庭成員。

儘管如此，陽介也陷入零排班狀態。由於時薪決定收入，他的狀況與失業者無異。為了提高自己的技能，他選擇了大學生比較容易找到工作的餐飲行業，但現在反倒成了他的絆腳石。

換句話說，四月對他們來說都是零收入的月份。下個月的餐費已經岌岌可危。

如果不知道這種狀況要持續多久，那就更……

（早知道就去便利店打工了。）

陽介嘆了口氣，從牛仔褲口袋裡拿出了智慧型手機。他在心裡告訴自己，一切都是為了九月的小旅行，然後解開手機的圖形鎖。

從通訊錄中選擇了「日下」。現在剛過晚上九點，應該還醒著吧。雖然這個時間可能會造成對方麻煩，不過應該不太需要在意。

陽介將手機靠在右耳上，左手指輕輕撥弄著瀏海。雖然頭髮已經長了很多，但一想到疫情就不太想去理髮店。這種時候，不禁有點羨慕起月也的髮質。如果頭髮能夠剛好往旁邊翹起來，就不會妨礙視線了。

突然，電話等待鈴聲停了下來。

『晚安，請問是哪位？』

手機傳來母親高亢的聲音。陽介靠在流理台邊，一種難以言喻的心情讓他放開了瀏海。

「——是我。」

『素陽介啊！最近還好吧？怎麼一點消息都沒有，偶還在擔心你呢。你在那邊過得怎麼樣？有沒有給月也少爺添麻煩——』

「叫他少爺的話會被他殺掉喔。」

聽到懷念的故鄉口音，陽介嘆了口氣，撥開了前額的瀏海。右耳傳來母親聽到「殺掉」之後的牢騷。

「我簡單說一下重點。給我錢。」

『我才在想你這麼久才打電話回家！這不是詐騙電話嗎？好啦，你要要多少？』

「先給我十萬吧。」

『要米嗎？』

「啊……現金比較好，幫我轉帳吧。你們應該有領到補助款吧？」

『還沒。連口罩都還沒拿到呢。』

「嗯，隨便啦。妳應該知道我的帳號吧？就是之前的那個。那就先這樣。」

『少爺過得好嗎？』

好像察覺到陽介想要趕快結束通話似地，母親突然大聲搶話。

『難得可以待在少爺身邊，你可得好好照顧！』

「囉嗦。我比老媽更擅長做菜耶。」

『也是！你可別給人家添麻煩！』

「賀啦，就這樣，十萬就拜託了！」

通話結束後，陽介深深嘆了一口氣。總覺得心神不寧，鼻頭浮著一層汗。他推起快掉下來的眼鏡，再次嘆了口氣。

（比起我，老媽更關心桂家的少爺？）

因為他是那個城鎮裡最有權勢的家族的兒子吧。他們說不定覺得要是因為日下家而造成損失，那就虧大了。

「……」

帶著疲勞感泡了焙茶回來，月也沉沉地靠在椅背上。月也瞥見陽介時，突然抬起下巴。

「讓你配合我無謂的堅持，真是抱歉啊。」

「結果你還是聽到了啊？」

在月也面前擺上一個白色的馬克杯，陽介坐在左邊的扶手上。可以的話，自己也想坐在有靠墊的位置，但那樣會離月也太近。

月也朝馬克杯伸出手臂，輕輕地哼了一聲。

「好久沒聽到那個城鎮的方言了。」

「咦，我媽的聲音這麼大嗎？我的聽力應該不至於這麼差吧。」

手機的通話音量可能有點問題。陽介從後面口袋抽出手機。左上角的燈號顯示收到新郵件。暫時保留顯示委託的紅色閃爍標示。

「果然，音量沒有問題對吧。也沒有切換到擴音模式。」

「啊——你沒發現嗎。日下，你最後也出現方言口音。可能是被媽媽影響了吧。」

月也哈哈大笑。陽介突然臉紅了起來。羞愧的心情讓他的目光飄忽不定。月也的笑容變得更加狂放。

「其實你不需要對我畢恭畢敬，我想和你建立盡可能平等的關係。」

「……所以啊，我認識的『桂月也』只是我的高中學長而已。除此之外沒有其他的特殊關係，我只想繼續當科學社的可愛學弟。反正在這裡的生活就像虛構的故事一樣。」

「所以，你才會用謙稱的『我』嘛。」

「所以，學長才會用非敬語的『我』啊。」

彼此都不回話，陽介和月也繼續喝著焙茶。

陽介開玩笑的「我」以及月也口中表示謙稱的「我」，都只是在面對老家或那個城鎮的朋友等外人時展現的一面。這種掩蓋「真實自我」的方式，就是對「家庭」反感和厭惡的結果。

與父親相反的性格，扮演出不符合他人期望的樣貌。

那個夏天，他們都發現彼此是用這種方法保護自己。在只有兩個社員的科學社，從意想不到的事件當中發現這一點。

發現他們本質上是相似的人。

如果不對外表現出不同的自己，就無法維持本心，兩人都是這樣不穩定的膽小鬼。月也比較嚴重，因為他的內心甚至湧起殺意。不知是幸還是不幸，陽介還沒有墮落到那個地步。

「可愛的學弟是什麼東西啊。你根本就不可愛嘛。」

放下馬克杯，月也露出了只有在兩人獨處時才會展現的輕浮笑容，宛如惡魔一般。陽介微微嘟起嘴，將馬克杯放在桌上。「至少，」他推了推眼鏡。

「比學長可愛吧？」

「喔，你比較矮就是了。」

「我不想聽只有體格好的人說這種話！你看，委託信來了！」

陽介將閃爍紅色燈號的手機丟過去。雖然不是故意的，但手機的一角正好擊中了月也的側腹。月也發出微弱的呻吟聲，然後瞪著陽介。陽介立刻躲藏在扶手的陰影裡。

「是委託信吧？」

「果然一點也不可愛。」

月也嘖了一聲，解除了手機的圖形鎖。即使兩個人的手機製造商和規格都不同，但月也已經用得很上手了。陽介把下巴放在扶手上，一邊注視著月也的指尖，一邊嘆了口氣。

「委託內容是什麼？」

「……是海龜湯啊。」

「海龜湯是——」

「不是料理名稱喔。」

「我知道啦。雖然我負責料理，而且還是專攻家政教育，但也不至於對著名的水平思考問題一無所知。」

喔——月也有些挑釁地瞇起了眼睛，把手擱在交疊的膝蓋上。與此同時，他一邊滑著手機。

「大家都聽過水平思考這個詞，但具體是什麼意思，知道的人就少了。我覺得大家更傾向於先舉出『海龜湯』的具體例子。」

月也說到這裡，先把手機還給了陽介。

「水平思考——也就是Lateral thinking，是英國學者愛德華・德・波諾提出的思考方法。簡而言之，就是不被固有觀念束縛，以柔軟多元的思考方式，導向全新答案的方法。把這種思考遊戲化的知名問題就是『海龜湯』。出題者只能以『對』、『不對』、『沒有關係』回答問題，解答者以這些資訊為基礎推導出真相……這次的委託，感覺就像海龜湯一樣。」

「也就是說，感覺很棘手對吧。」

從扶手的陰影中站起來，陽介接過手機。一邊查看著委託信，一邊坐在扶手上。

【暱稱　森上先生】

剛看到廣告，才知道理科偵探的資訊。

我想諮詢的事情是有關去年冬天開始同居的女友。我的女朋友非常喜歡書，她的書多到家裡都沒有空地能踩，但是開始同居時，她把大部分的書都賣掉了。

這是為什麼呢？

「……與其說是海龜湯，不如說是單純資訊不足吧？」

「水平思考問題本來就是這樣，一開始出題的時候資訊都非常少。不是和現在的狀況一模一樣嗎？他只說原本愛書的女友，賣掉大部分的書，究竟是為什麼呢？就這樣而已耶。」

他這麼說，確實也沒錯。陽介用大拇指甲的尖端，喀噠喀噠地戳著手機。

「單純是因為要同居，所以整理身邊的物品而已吧？」

「日下……你今天也像平常那樣戴著霧霧的眼鏡啊。」

月也發出了魔鬼般的咯咯笑聲，陽介嘖了一聲，瞪著委託信看。

不知道重讀了多少次。「為什麼呢？」當這幾個字開始崩壞時，陽介放棄了。

「學長……」

「如果你能想到的話，委託人應該也能想得到吧。森上先生一定問過女友了。問對方是不是因為同居而把書都處理掉，對方回答不是，但是又不願意透露理由。所以委託人才會覺得困擾，決定求助於聽起來很可疑的理科偵探吧。」

「啊，按你這麼說，的確是這樣。」

如果只是趁搬家的時候整理，那就不需要特地花錢諮詢了。一定有除此之外的理由，所以才會委託偵探，既然如此就應該捨去理所當然的答案。

水平思考。海龜湯。

陽介終於明白，月也在讀完委託信之後這樣評價委託內容的原因了。

「那我們就必須問問題了吧。」

陽介把拿著手機的右手伸向月也。月也用左手接過，以流暢的手指動作解除了安全鎖。

「你覺得問什麼問題比較好？」

「這個嘛……『桂月也想到的問題』如何？」

「你的腦袋似乎比較清醒了。」

從喉嚨深處發出笑聲的月也換右手拿手機。忙碌地移動大拇指，完成寄給委託人的提問信。

【技能提供者　理科偵探】

森上先生，感謝您的委託。

根據您的暱稱和廣告的時間點，我推測森上先生現在也在觀看懸疑劇《女檔案管理員》。這次的重點是開頭，從槍口升起的白煙。

抱歉，我失態了。為了證明我是「偵探」，所以想用透露劇情等方式證明，差點奪走森上先生的樂趣。

那娛樂性的開場白就到這裡，我們馬上進入正題……您的委託信資訊不足，所以我無法立即給予答覆。

因此，我希望採用水平思考「海龜湯」的方式來進行。一點也不難。您只要如實回答問題就好。首先我想問的是關於她留在手邊的書。

您說幾乎賣掉所有書籍，這代表還保留了幾本書對吧。請告訴我是哪些書被留下來。

【暱稱　森上先生】

沒錯！我正好在看《女檔案管理員》。感覺真的很像偵探耶！

她沒有賣出的書籍如下：

．初學者也很容易上手的季節摺紙

．從零開始成為咖啡大師

．透過童話學管理

．先試著煮馬鈴薯吧～和食的基礎～

．宇宙一誕生就有人類存在

「……」

月也說懶得唸，陽介只好湊近看手機，但兩個人的頭幾乎要撞在一起，引得陽介微微皺眉頭。

「總覺得只有宇宙那一本書怪怪的。」

「什麼？這本書肯定了人本原理，相當優雅。如果你對訊息物理學感興趣，那麼讀這本書一定會有所收穫。這是一本針對一般初學者撰寫的書，寫作風格平易近人，所以對於具有專業知識的人來說稍嫌不足，但當作入門書就非常適合。」

「這個嘛，學長的興趣不重要啦。你不覺得這些書不太像是女友的書嗎？」

「明明沒有任何關於女朋友的資訊，怎麼有辦法下定論？說不定摺紙才奇怪呢。對性別的固有觀念，就是水平思考中的第一個錯誤啊，日下學弟。」

月也接著笑說，你一定是容易被敘述問題騙過的人吧。陽介癟嘴，沉沉地躺在椅背上。他想起老家，凝視著木紋很明顯的天花板。

「但是學長，你為什麼選擇摺紙書？而不是咖啡或管理、和食等書籍？」

「以日下的程度來說，這個問題問得非常好。你剛才提到的三本書都有關聯。」

「咖啡、和食還算是飲食類，但是……」

陽介朝天花板仰著頭，推高眼鏡。雖然眼鏡沒起霧，但就是無法連結到管理書籍。

在電視裡，一位女性警察大喊著：「這是什麼意思！」女警和陽介——月也不知道是想到誰，開心地呵呵笑著。

「說不定她正在考慮經營咖啡店？一間供應美味咖啡與和食的店。或許她之前收集的書籍對她新夢想來說是個障礙。又或者剛好有了新夢想，就順勢捨棄過往。男朋友不知道，只是因為她的夢想還是個秘密，沒辦法大方談論。」

「不好意思，學長。說不定、或許、或者，是什麼意思？這個不像理科偵探桂月也的風格。」

「因為資訊不足，會有這種模糊的判斷是理所當然的啊。這只是我從三本書中想像出來的觀點。正確與否，只能透過進一步提問才能判斷。」

【技能提供者　理科偵探】

森上先生，我想再次提出問題。

女友對咖啡館或和食店有興趣嗎？

【暱稱　森上先生】

你怎麼知道呢！

剛開始同居的那段時間，她經常帶我去咖啡館。和食倒是還好。可能是因為

我老家就是開定食店的吧。雖然是一間非常老舊、一點也不時尚的店，但她每天都說想去。

最近因為疫情的關係不能出去。她正在泡咖啡給我喝。泡咖啡的技術變得越來越好了。

「……完全就是在放閃嘛。」

「日下，嗯，我覺得你這種感性的地方很好。如果不是和像我這樣的人待在一起，應該能過著普通的校園生活吧。」

月也像是憐憫陽介一樣，瞇起了眼睛。陽介瞥了一眼他眉間的皺褶，再次仰望天花板，雙手疊在腹部。

「普通的意思就是無聊無趣。至少不會有理科偵探。我不認為這種日常會令人覺得快樂喔。」

「凡事都講求結果，難道『假設』就沒有意義嗎？」

月也嘆息般地嘀咕了些什麼。陽介聽成「對不起」，但可能只是聽錯了。伸手拿桌上焙茶時衣物摩擦的聲音反而更明顯。

用白色杯子喝了口茶，月也點頭說了句「好了」。

「正如日下所說，看來不合群的書就是宇宙那一本了。似乎還有一些沒提供的資訊。不過，海龜湯遊戲已經結束了。」

「你找到確定的答案了嗎？」

陽介感到天花板的木紋有些微的恐怖感，所以閉上了眼睛。自然而然地嘆了口氣。為什麼？

為什麼收到相同的訊息，月也能找出答案，而自己卻迷失在漩渦之中呢……

「學長，絕對不要犯法喔。我肯定解不開謎團。」

「這可不好說。」

「真是的……愛書的女朋友，為什麼要處理掉書籍呢？」

「因為她想要結婚了。」

「……」

他是故意的。只用右眼確認月也的側臉，陽介癟了癟嘴。月也故意繼續水平思考問題。他咧嘴笑了起來就是證據。

「結婚和經營和食咖啡館的夢想有關係嗎？」

「YES。」

「那就是女朋友想要和森上先生一起開咖啡店是吧。夫妻一同經營的和食咖啡店，感覺很棒啊。」

「只對了一半。她沒有想要和森上一起經營。」

「那她要跟誰一起經營？」

「請參照原文。」

月也從白色馬克杯上面把手機遞給陽介。明明總有一天會成為農業之城的主宰，那白皙的雙手卻完全沒有碰過土壤。陽介在家幫忙時受傷，留下了鐮刀的傷痕。他用帶著傷痕的手接過手機。

原文——回溯和森上之間的訊息往返。

馬上就找到需要的資訊。

「森上先生的老家是一間定食屋對吧。有點老舊……難道是想把這裡改成現代風格，然後一起經營店鋪嗎？啊，好像有點不太對。」

想和他的父母一起開一家和食咖啡館，這一點沒有錯。但是，在那之前還有更重要的事。

她想要入戶籍。想和男友結婚。

那是單純的戀愛情感。然而，森上的女友並沒有停止思考。而是考慮了他的老家、家業，甚至考慮到兩個人的未來。

結婚就代表是繼承家業。

有時候，必須將過去的自己拋棄掉——

「森上先生的女朋友真的很愛他耶。」

「從我的角度來看，只覺得很笨而已。根本不需要在意家裡，隨心所欲地過自己喜歡的生活就好了。」

月也粗暴地放下馬克杯，然後站了起來。一邊拿出一直放在口袋裡的電子菸充電盒，一邊走到陽台去。

陽介凝望著他的背影，看著他在窗外吞雲吐霧，人就自然地靠在椅背上。用右手腕按住額頭，閉上雙眼。總覺得心情沉重。無論怎麼深呼吸，重量也只會不斷增加。

繼承家業。

（這倒是逃離了……）

陽介打算放棄農家長子的身分。想要用「老師」的地位來擺脫家業。實際上，不過只是像月也一樣，僅僅獲得了四年的緩刑而已。

當這一切結束的時候，「日下家」認定陽介絕對會回來。

曾祖母、祖父母和父母，都不認為日下家的長男會放棄祖傳的土地。陽介去首都圈只是一時興起，也是為了讀書。他們相信這只是為了獲得大學畢業或教師執照等頭銜。

因為他是日下家的長子。

繼承土地是打從出生那一刻就已經決定了。

——這個世界，乾脆就這樣毀滅吧。

在紅色夕陽下，陽介想起了月也說過的話。確實如此。月也和陽介都被那個小鄉村束縛著。為了自由，只能讓世界毀滅。

「……」

陽介抬起右手臂，睜開了眼睛。看著大拇指根部的鐮刀疤痕。右撇子的陽介為什麼會是右手受傷呢？

他還記得。只是輕微的疏忽。只是誤把手伸進裝滿農用工具的竹簍而已。

但是，如果老家不務農，就不會留下這種傷痕了。

這個傷痕就是在刻劃日下家長子身分的詛咒。

（自己主動去繼承家業的人真是愚蠢。）

當陽介嘲笑著森上的女友時，突然又拿起了手機。無視大拇指的傷痕，以理科偵探的身分輸入信件。

【技能提供者　理科偵探】

摺紙的書籍可能是為了店內裝飾。因為是季節摺紙，所以她也許是想要表現出四季氛圍。

然而，有一件事情，我無論如何都無法理解。

就是那本關於宇宙的書籍。這似乎與繼承您的家業無關。但是，為什麼沒有處理掉呢……

雖然還有一些小謎團尚未解開，但我想已經提供了能讓森上先生滿意的答案。

【暱稱　森上先生】

原來如此！我明白了。我要和我的女朋友結婚了！

宇宙那本書是我在第一次約會時送她的禮物。在書店裡，她看起來非常想要那本書。她啊，就是所謂的宇宙女孩。

對了，她房間裡的書幾乎都是科幻小說之類的——

「……嘖。」

陽介將手機朝著月也不在的沙發丟去。在坐墊上回彈的手機，發出沉悶的聲響掉在地板上。

「桂學長！」

陽介帶著想哭的心情走向陽台。大步大步地走。在室內燈光中搖曳的煙霧前，看見一雙黑色的眼睛。

「請讓我也抽一口菸。」

月也緩緩地眨眼，把嘴裡的電子菸拿起來。用左手的大拇指和食指夾住電子菸，然後默默遞給陽介。

用同樣的姿勢，以右手大拇指和食指接過電子菸的陽介，停頓了幾秒鐘。電子菸放進嘴裡的同時，他閉上雙眼。

試圖深呼吸，卻立刻嗆到了。

月也哈哈大笑。

「明明未成年卻偏要做自己不習慣的事才會這樣。」

「我現在就是想抽。」

「畢竟我們都很辛苦啊。」

嘴裡叼著陽介還回來的電子菸，月也靠在生鏽的欄杆上。以前無論天色多暗都一定會有人經過的道路，今天也毫無人影。

閃爍的街燈再次營造出不安的氛圍。

「不，你比較辛苦。」

「我嗎？」

「是吧？我只要斷絕『血緣』就好。而日下背負的是『土地』。殺了人也不會結束。」

「啊……」

從月也身上吐出的煙霧被吸入陽介的肺中。腦海浮現出令人厭煩的廣袤農地。那將來是必須接管的，日下家的財產。

「大地確實是殺不死。」

「原來如此。你果然也這麼想啊。」

月也說到這裡，吐出一口煙。仰頭凝望著漸漸消失在夜空中的白煙，苦澀地撇了撇嘴。

「日下，為什麼你沒有想到放棄繼承呢？」

「……」

「結果你也跟我一樣，都認為自己無法逃離那個城鎮。不，潛意識裡被灌輸著自己是城鎮的一部分……好難啊。」

「即便如此，我還是會逃出去的。一定會。我不會像你那樣，靠沾滿鮮血結束一切。」

「那就拜託你了。」

「……學長和我一起逃跑如何？有學長的機智，就能像賺零用錢的理科偵探一樣順利逃走。」

「但是，助手是個連菸都不會抽的小孩子，未免也太不可靠了吧？」

月也調侃似地，吹出一股煙。陽介生氣地嘟著嘴巴，從他手中奪走了電子菸的菸桿。

當他再次嘗試吸菸時，月也白皙的手搶先拿走電子菸。比陽介高五公分以上的眼睛瞇成一條線，彷彿在譴責做壞事的孩子似地。

「沒事，日下就是日下，把飯做得美味就夠了。」

「啊。」

「啊……」

糟了，月也皺著鼻子，不停抓著右臉頰。前幾天陽介才發現，他口中的「美味」包含著「信任」。所以，陽介咧嘴笑了起來。

「了解。明天也會讓你吃到美味的飯菜。」

＊黃色書背〔yellow back〕廉價（通俗）小說

第5話　粉紅象王子

五月二十五日。

終於，所有都道府縣都解除緊急事態宣言……但月也和陽介的大學都宣布繼續停課。儘管如此，學校對什麼都不做持續停課也有疑義。因此，停課通知中也附上了作業。

（請以如何利用家裡的材料有效率地製作口罩為題，提出報告……）

顯然，學校把家政教育與新冠疫情結合在一起。不愧是教育機構，儘管如此陽介只覺得麻煩，無力地放下拿著手機的右手。

重新靠在黑色座椅的椅背上，茫然地望著天空。

敞開的窗戶吹進一陣風，讓人感受到一絲濕潤。梅雨季節快到了。妖怪般肆虐的繡球花也搖曳著濃密的藍色花朵。

應該要趁現在天氣晴朗把被子拿出來曬一曬。剛過上午十點半，應該足夠曬乾被子。

「……」

將手機隨意地丟在榻榻米上，陽介走向壁櫥。陽介每天都鋪床睡覺，不像月也那樣，無視榻榻米的存在，堅持放一張西式的床。

陽介拿起在以低價為賣點的家具量販店裡購買的整套寢具，靜靜地凝視著壁櫥內宛如合板一樣的牆壁。牆壁的另一面就是月也的房間。

從格局來看，原本應該是201號房吧。陽介的房間應該是隔壁的202號房，但牆壁非常薄，薄到令人難以相信這曾經是另一個獨立簽約的房間。如果不是鋪著榻榻米，只要稍微有點腳步聲都會顯得很響亮。

然而現在，壁櫥的另一邊，薄薄的牆板後並沒有傳來任何聲音。

（在睡覺嗎？）

這樣就無法曬月也的棉被了。自己連棉被都不會曬，果然是「桂家的小少爺」。想起剛搬來的時候，陽介看到月也的棉被上長了黴菌，讓他苦笑不已。

一邊注意鐵鏽，一邊把薄被掛在陽台的防墜欄杆上曝曬。陽介悄悄地窺探月也的房間。應該是之前分成兩個房間的緣故，陽台上有隔板的痕跡，現在被木紋磁磚露台遮蓋起來了。

月也打開窗戶，從窗邊的電腦桌就可以看見他。月也的大學也許也出了一些作業。

喀噠喀噠——泛黃的鍵盤上，白皙的手指有節奏地跳著舞。

這台桌上型電腦和客廳的圓桌一樣，都是從大學的垃圾堆裡撿來的。只是因為型號老舊就丟掉，對陽介來說真的是難以置信。在月也就讀的理科大學，這種情形似乎很常見。因此，「打包帶走」垃圾場的物品已經是不成文的默許行為。

喀噠……右手中指停在倒退鍵的上方。左手不停地抓自己原本就亂七八糟的黑髮，使得頭髮更加凌亂。

「日下，咖啡。」

「我可以先曬被子再泡咖啡嗎？」

「啊……」

有氣無力地回應之後，月也再次開始敲打鍵盤。陽介一邊拿起一樣在大型量販店購買的廉價薄被一邊瞄了一眼電腦螢幕。眼神在大腦理解之前就先移開，因為內容是英文。

陽介用棉被鋪滿陽台的欄杆，滿意地呼出一口氣。一邊十指交扣往上伸展，一邊穿過自己的房間走向廚房。

（只喝咖啡糖分不夠吧……）

小孩子口味的月也，沒辦法喝黑咖啡。雖然一定會加糖，但在大腦勞動的時候可能會糖分不足。儘管如此，這個家的餐費被控制在最低限度，所以沒有額外的零食庫存。

（十萬已經入帳，稍微花一點應該沒關係吧。）

為了能夠實現九月的小旅行，還是想要盡可能節約。陽介關掉了剛點燃的瓦斯爐。走回房間拿口罩。

說到這個，政府發放的口罩，到底何時會送到呢？想著這些不著邊際的事情，陽介一把抓起在學校要求之前就已經自己製作的百圓商店手帕口罩。

然後對著越過沙發才能接近的月也房間交代一聲。

「學長，我出去一下。」

「我也要去。菸抽完了。」

陽介沒有刻意等，而是先出了玄關。在連原本是什麼顏色也已經無法辨認的金屬門完全關上之前，月也也已經來到外面的走廊。那個遮住臉的口罩也是陽介手縫的。

同一款刺蝟圖案的手帕，經剪裁後製成有一點花俏的米色口罩。目前每一間店都找不到口罩，所以只能將就著用。

「……」

陽介盯著高半個頭的月也的嘴角，調整了自己口罩的位置。帶著一種難以言喻的感覺。

「你不去嗎？」

「……不是。明明知道自己很窮卻還是不停抽菸，我只是在想這到底是什麼心態。」

陽介嘆了一口氣，早月也一步往樓梯的方向走去。金屬製的樓梯也像陽台的欄杆一樣生鏽，並且油漆已經斑駁脫落。

「話說回來，刺蝟圖案的可愛款口罩，真的不太適合學長。」

咚咚咚，陽介伴隨響亮的金屬撞擊聲走下樓梯。慢半分鐘之後，月也的腳步聲也趕上了。

「不適合我——這不是你做的嗎？」

陽介沒有回答，向右轉進了街道。在第三根電線桿左右，可以看到有人遛著一隻咖啡色的中型犬。從那個人的背影，陽介無法判斷是男是女，年輕還是年老。

在散步的人身後，兩個小學男生沒有確認左右來車就突然衝出，又消失在巷子裡，兩人都戴著相同的棋盤圖案口罩，令人聯想到最近流行的動漫。他們可能是兄弟。

「學長，我們看起來像兄弟嗎？」

一邊走下樓梯，比月也快一步的陽介一邊低聲說。看來這個愚蠢的問題似乎沒有傳到月也的耳朵裡。

「什麼？」但是，卻讓他馬上就靠過來。

「沒事……你的報告看起來很難呢。」

「對啊，寫英文真的很難。之前專業術語的日英辭典一直都是用圖書館的，看來得花錢自己買了。」

「這樣啊，那就破例買一個零食給接下來會越來越窮的學長吧。價格僅限含稅兩百十六日圓以內的，只能買一個喔。」

「真是令人感激啊。」

月也哈哈笑了兩聲。「本來就打算買了啦。」陽介調侃著，把手伸進薄帽T的口袋裡。五月下旬，穿這樣的衣服可能會有點熱。一邊想著衣服該換季了，一邊走在不同於那個城鎮的街道上，房子和房子之間沒有田地和塑膠溫室。

在閃黃燈的前方，可以看到一家以牛奶罐為商標的便利商店，那個城鎮也有這間店。

狹窄的停車場裡，一台車也沒有。

緊急事態宣言剛解除不久，與其說盡量待在家的政令仍有影響，不如說是因為這裡位於首都圈。這裡離車站遠，又有許多老舊住宅，所以比較沒有都市的氛圍。這裡不會像那個城鎮，一個家庭理所當然地擁有兩輛私家車。反之，這裡都是沒有庭院，無法停車的房子。

所以每次便利店門口總是亂七八糟地停滿了自行車。現在顯得非常乾淨整齊。之所以比平常更加乾淨，可能是因為店員有空閒時間，所以外面的清潔工作做得很認真吧。

「果然，人潮還是很少呢。」

「是啊。」

「這會持續到什麼時候呢？」

「不知道，不過……」

穿過只有單側敞開的非自動大門進入室內。雖然因為需要通風而必須敞開大門，但搶匪也就更容易逃脫。不過，在自動門普及的世界，刻意採用手動門，明明就是為了防盜。

「媒體的資訊不能說完全正確。不過，這些媒體獲得的資訊可能本來就不準確。」

月也在陳列巧克力零食的貨架前停了下來。在他身邊的陽介疑惑地歪著頭。

「我之前聽人家說，媒體發布的圖表令人存疑。你所謂的正確的資訊是？」

「現在報導的只是確診人數而已吧。無論人數增加減少，大家都會隨之起舞。但若站在科學和統計學的角度來看，就會發現缺少重要的資訊。」

「還真是裝模作樣耶。」

「還是選杏仁巧克力吧。」

「只要含稅價不超過兩百十六日圓都可以。」

「夏威夷豆口味的數量比較少啊……假設有十個人確診，那是在一百人當中有十個人，還是在兩百人當中有十個人？兩者意義不同吧？」

月也開始仔細檢查杏仁巧克力和草莓巧克力的包裝盒。如果是以前，他就會用雙手拿著，皺著眉頭思考。沒有伸手去拿商品，只是看著猶豫，是因為擔心疫情。

「如果是百人中有十人，那比例就是10%。相較之下，兩百人中有十個人的比例就是5%。換句話說，如果在城市裡閒晃，遇到十個人中就有一個是感染者，或者遇到二十個人中就有一個是感染者。如此一來，感染風險就完全不同吧？」

「是啊。」

「也就是說，重要的資訊不是人數，而是比例。但這些資訊並沒有被報導出來。為什麼呢？因為一旦公布比例，就必然會透露檢測的數量。」

月也的視線在兩個盒子之間游移。看來他無論如何都無法做出決定。堅果和草莓都是他最喜歡的，所以沒辦法。

「說到這個，日本檢測量太少也是一個問題。」

「嗯。所以……我說日下學弟啊。」

「好啦好啦。」

陽介苦笑著，拿起杏仁和草莓口味的包裝盒。

「這是桂月也特別授課的酬勞。」

「哦，不愧是日下！那順便買菸——」

陽介瞪著月也，迅速地走向結帳櫃檯。使用交通卡付帳後，一走出店外，馬上就聞到香菸的味道。

沒有多想就朝右轉。便利商店前，綠色的公共電話附近。公共場所幾乎都已經撤掉吸菸區，這裡卻還保留著，一名看起來年約三十多歲的男性正吐出煙霧。那個人不像月也那樣使用電子菸，而是抽那種拚命宣傳抽菸對健康有害的紙捲菸。

「啊，楢原先生。」

用親切口吻說話的人是月也。他輕輕舉起右手，一邊組裝電子菸一邊靠近楢原，應該是有在注意社交距離吧。在大約距離一公尺的時候停下腳步。楢原似乎也在意社交距離，背靠在便利商店的玻璃牆上，就不需要面對面。兩個人就這樣並排站在一起。

「……學長？」

些微的疏離感讓陽介歪著頭感到困惑。沙沙——手邊的塑膠袋發出聲響。月也把口罩拉到下顎，口中也冒出了細長的煙霧。

「楢原先生，你不是應該在上班嗎？」

「目前在家工作。雖然現在是在偷懶啦。家裡的空氣很糟糕啊。」

楢原大大地呼出一口氣，苦笑著把前額的頭髮往上撥。「真辛苦耶。」月也說出可有可無的回應，眼角露出的笑意不像是勉強陪笑，陽介決定先離開，休閒鞋的鞋尖轉換了角度。

發現月也用左手輕輕招了招手，不禁在口罩內癟嘴。

陽介不情願地走近，無視社交距離站在月也身邊。

「啊。」

楢原瞥了陽介一眼，好像明白什麼似地點點頭。點燃下一支菸，然後抬起垂眼朝天空望去。

「和別人一起住不累嗎？」

說這句話的楢原，左手無名指上的銀色戒指閃閃發光。

「我不覺得累啊。而且我根本就不會和合不來的人合租。」

「啊——也是啦。不過，我也是這麼想啊。結果真的在家工作之後，和老婆整天待在一起，怎麼說呢，真的好累喔。」

嘆息中充滿香菸的煙霧，楢原失落地垂下肩膀。嘴角的鬍碴讓他的疲勞感加倍。

「你太太是全職主婦嗎？」

「不，她正在休產假……總之現在很敏感就對了。一直擔心自己感染了孩子怎麼辦，去婦產科做檢查也很害怕……雖然知道無可奈何，但是她過度擔心，真的，真的很令人心累。」

「……那真的很不容易啊。」

月也再次回以毫無意義的回應，然後用左手肘輕輕撞了陽介的右手肘。「竟然在這麼麻煩的時間點被叫住，要怎麼樣才能順利脫身？」馬上可以感覺到月也無聲傳遞出這樣的訊息。陽介輕輕撞回去，彷彿在回答：「我哪知道！」

「啊──那個，像我這種日子過得輕鬆的學生，說這些話也無法安慰你吧。不要太勉強自己了。像現在這樣，偶爾到外面抽根菸，發洩一下壓力吧。」

「好……現在還好，回家之後就會被追問去了哪裡。她會說，她都無法出門。明明只是因為害怕才把自己關在家裡，搞得很像都是我的錯……你們啊，結婚的時候一定要非常慎重。這是我身為人生前輩的忠告。」

「……」

陽介和月也都只能含糊地點點頭。

其實他們內心想說的是：「能夠自由選擇對象，已經很好了。」在月也的未來裡，只會有一場與愛情無關，只是為了保存桂家的血脈，有利其發展的婚姻。相對來說比較自由的陽介，或許最後會被介紹某個適合當「農家媳婦」的對象吧。為了將日下家的土地傳承給後代。

「尤其是會說謊的女人絕對不行。那真的會讓人覺得很火大。」

「說謊？」

「不，這個……也可能只是孕期憂鬱吧。我太太最近會說一些奇怪的話。對了，自從她開始說謊，人就變得更加焦躁了。真是的，我好累。」

從楢原口中吐出了迄今為止最大量的煙霧。陽介和月也面面相覷。然後，他們同時點頭。

「楢原先生，你太太說了什麼謊？」

「也沒什麼……就說燕子飛過來了。」

「……」

燕子飛過來是哪門子的謊言？陽介和月也對著楢原投來相同的冷眼。從季節的角度來看，燕子飛來飛去也很正常。現在是初夏。又不是已經過冬的季節。

「喂，你們兩個！不要用那種我比較可憐的眼神看我啦。我是說真的。她說燕子飛過來，叼走了我的領帶夾。」

「燕子？」

「叼走領帶夾？」

又不是烏鴉，燕子應該不會偷亮亮的東西吧。就算退一萬步，燕子真的叼走領帶夾好了。這個時期應該是拚命養大幼鳥的時候，所以可能是誤把領帶夾當成食物了。

「楢原先生，那個領帶夾是有昆蟲圖案嗎？」

「怎麼可能！就是一般的銀色直條款式。上面有紅寶石裝飾，但不算是很華麗的東西。」

「啊——對了，你是七月出生的對吧。」

月也微微笑著，瞇起眼睛一副很懷念的樣子。他為什麼會知道呢？陽介不知不覺皺起眉頭。

楢原和月也究竟是什麼關係呢？

「我之前撿到一張員工證。」

月也似乎察覺陽介的想法，調侃似地吐出一口煙。

「剛好就在這裡。然後楢原先生也剛好正在抽菸。」

「沒錯沒錯，當時真是謝謝你了。畢竟重新發行員工證很麻煩。」

「楢原先生是某公司研究開發部門的員工。所以我有點興趣，就請他當我的抽菸伙伴。話雖如此，也只限定在這家便利商店見面的時候而已。」

哦——陽介僅用眼神示意。月也說有興趣，表示楢原可能從事宇宙相關的技術開發工作。那種人的員工證掉在住宅區的便利商店，在只有農家的那個城鎮根本就不可能。

「這麼厲害的人，領帶夾該不會是什麼影像記錄用的工具吧？」

哈哈哈，楢原大笑著。

「桂同學的室友真是獨特啊。如果是這樣的話可能就不會覺得累了。」

「他做菜很好吃，我受益匪淺。比我媽媽還更像家庭主夫。」

「我家太太的口味很偏門，什麼東西都要做成甜的，很令人頭痛啊。」

是嗎？那還真是辛苦耶。月也笑著說。這次的笑容是假笑。應該是因為他提到從來沒有做過家庭主婦的工作，也不曾為自己做過一頓飯的「媽媽」吧。

（今晚要不要煮一些芋頭燉肉呢？）

對月也來說，喜代奶奶的這道拿手菜就是「媽媽的味道」。其實陽介想用新鮮芋頭做這道菜。不過，在這種情況下，只能考慮節約和長期保存，所以只好購買便宜超市的冷凍食品。

「啊——我說到哪裡？」

「你說燕子偷走領帶夾。抱歉，我打斷了你的話。」

「不不，說到這個，我老婆說，有一隻燕子從窗戶飛進來，在矮櫃叼走領帶夾。我覺得她大概是自己弄丟，又說不出口，所以才編了這樣的謊吧。」

「那還真是個粗糙的謊言。」

月也瞇起眼睛。

「日下學弟覺得怎麼樣？夫人會對丈夫這個具有邏輯思考能力的技術人員，說出這麼容易拆穿的謊嗎？」

「我不覺得她是在說謊。但是，認為燕子就是犯人也有點奇怪。」

「沒錯……既然如此，能考慮的就是『她刻意說謊讓你猜』。如果從這個方向思考的話，日下學弟會有什麼疑問呢？」

不知道耶，陽介歪著頭。

月也像往常那樣放聲大笑。即使如此，可能是在楢原面前，所以他才會繼續沿用敬語的模式。

「戴上口罩後，眼鏡果然會起霧啊。」

「……」

「問題在於『燕子』。」

眼尾浮現充滿厭惡的皺紋，月也沒有繼續說下去。他緩緩吐出煙霧後調侃人的側臉，讓人想起了那個城鎮傳說中調皮的狐狸。

「燕子嗎……」

「啊！原來如此。問題在剛才兩個人的反應。燕子叼走領帶夾很奇怪……為什麼不說是烏鴉呢？說烏鴉的話，感覺比較有可能啊。」

「就是說啊，日下學弟。太太刻意說是燕子。那麼，讓我們進一步思考。太太為什麼在眾多鳥類中選擇了燕子呢？麻雀不行嗎？如果目的是讓對方明白，那為什麼不選擇鳳凰呢……」

這個嘛……楢原摸著長出鬍碴的下巴。陽介把視線放在手裡塑膠袋中的巧克力零食。

好想攝取糖分。但是，絕不能碰這裡面的零食。

「……必須選擇燕子的原因嗎？在我們老家，如果家裡有燕子築巢，就被認為是幸運或生意興隆的象徵。」

「啊，原來有這樣的迷信啊。但這樣的話，就不需要領帶夾了。」

「也就是說，領帶夾也有意義嗎？」

「沒錯！」

月也露出宛如政治家兒子的爽朗笑容，甚至還眨一下眼睛，然後將左手伸進了塑膠袋裡。他選擇了杏仁巧克力，然後沿著盒子撕開了包裝的塑膠袋。稍微拉出內盒，然後遞給陽介。

「糖分。」

短短一句話，透露他開啟非敬語模式。陽介以一聲嘆息回應，然後拿起一顆閃亮的杏仁巧克力。從口罩的間隙，把巧克力送入口中。

巧克力的甜美和杏仁的香脆。明明也不是什麼新奇的味道，但是覺得特別開心，或許是因為用腦過度吧。

「楢原先生要不要也來一點？」

「嗯，謝了。」

「不用謝，大腦勞動需要糖分支撐……所以啊，剛剛談到領帶夾。」

故弄玄虛地稍微帶開話題，月也又把大家拉回領帶夾。看著回到手中的紅白基底包裝盒，陽介微微歪了一下頭。

（為什麼前輩不吃呢？）

是因為燕子和領帶別針之謎，不算消耗腦力的問題嗎？還是說，是為了家裡那份尚未完成的英文報告，所以想保留糖分嗎？

對月也的疑問，被低沉柔和的聲音打斷，令人無法繼續思考。

「如果燕子是謊言，那麼被偷的東西——領帶夾也沒有必要是真的。如果是這樣的話，那麼領帶夾本身就也有其意義。那麼，究竟是什麼樣的領帶夾呢？你說呢，日下學弟？」

「簡單的銀色搭配紅寶石……啊！」

盯著杏仁巧克力外包裝的陽介，瞪大了眼睛。

「是《幸福的王子》對吧？學長！」

「沒錯。」

月也瞇起雙眼皮的眼睛滿意地點點頭，然後關掉電子菸。把電子菸收進充電盒，再把充電盒放進卡其褲的後口袋，離開便利商店的玻璃牆。從稍微斜角的位置，面對楢原。

「楢原先生沒有讀過嗎？《幸福的王子》。那是王爾德寫的兒童短篇故事，也有做成便宜的繪本。您的太太應該認為楢原先生也知道這部作品吧。」

「我的確知道，但是……」

「嗯，在那部作品中，紅寶石是鑲嵌在劍上，而不是領帶夾……如果紅寶石的主人用燕子來幫助有困難的人，就像銅像王子那樣犧牲自己身上的裝飾品——您的太太說的是這種謊嗎？」

「……那是在說我不夠溫柔嗎？如果是的話，直接告訴我就好了，何必這麼拐彎抹角。」

「是啊。那您認為她為什麼會做出這樣的事情呢？」

楢原歪著頭。眼中流露出對妻子不滿的情緒。月也用深邃的雙眼凝視著那張臉，以毫無溫度的聲音說：

「因為楢原先生不是個會傾聽的人。」

「不，我都有在聽，而且她老是在說話耶。」

「不，楢原先生。如果你傾聽的態度沒有讓對方感受到，那就沒有意義了。因為楢原先生當時並沒有在聽，所以您的太太才會把這件事轉換成謎團。楢原先生對謎團很有興趣吧？而且你現在就像這樣，把謎團告訴我們了。」

「可是我……」

「動腦需要糖分。你完全沒有注意到偏甜的料理背後的意義，只會抱怨自己很累……這樣只會讓人更疲累。」

「……」

楢原的右手夾著的香菸，突然掉了一地灰。月也背對在水泥地上散開的灰，以敏捷的步伐走遠，彷彿要拋下楢原似地。

「回家吧，日下。」

陽介默默點頭，站在月也身邊。身高差會直接影響步幅，因此陽介必須稍微快步走。

「桂先生，不用敬語的時候真是毫不留情啊。」

「當然啊，畢竟統治城鎮的人要是被看扁就麻煩了。如果可以用語言壓制對方，那就要徹底壓制。只要不流無謂的血就好。」

「……但你本人卻是充滿血腥，一天到晚想著完全犯罪計畫的人就是了。」

「吵死了。如果有意見的話，你就成為偵探來阻止我吧。」

「我才不要。」

陽介用力握住提袋的把手。

「偵探都是在事件發生後才出現的不是嗎？所以『阻止』不是偵探的專長。我要成為另一種存在。」

「哎呀，說得真好。那你到底想要成為什麼？」

「秘密。」

發出調侃的笑聲，陽介跨過人孔蓋。拉開與月也的距離，朝沒有人煙的街道前進，然後悄悄地說：

「不過……合租對我的計畫來說是重要的一步。」

「什麼？」

「沒事。你還記得阿姆斯壯說過的話嗎？」

「That's one small step for man, one giant leap for mankind.」

「為什麼唯獨這句說得這麼流暢？」

「因為是本大爺開口。」

「哇……」

真的拿你沒辦法耶，陽介哈哈大笑。不知道是不是有點害羞，月也用手抓了抓右臉頰。

距離三根電線桿左右的位置，將近陽介兩倍年齡的二層樓房屋出現了。

重新粉刷也無法掩蓋髒汙，淺藍色的屋頂透露出老舊感。房東翻新之後，原本八個房間減少至四個房間，但其實只有兩個房間有人居住，其中201號房有兩個人分租，102號房則是房東獨自居住。可能是充滿整個庭院，已經呈現暴走狀態的巨大繡球花，讓人無法靠近吧。從遠處看，也能看得出來管理不善。

多虧這間破舊公寓，讓人不必跟鄰居打交道。

陽介抬頭看那些並排在宛如驅邪用的繡球花上，排成一列的棉被，不禁微微皺眉。

「楢原先生還好嗎？」

「不知道，不過……」

「不過什麼？」

「楢原太太也想得太美好了。《幸福的王子》不是在講無條件的愛嗎？要求丈夫做到這一點，未免也太自私了吧？如果想要得到，就要先給予。只是做甜口味的料理就能讓丈夫滿足，這種想法未免太過天真。」

「是啊。」

陽介稍微垂下眼簾。

如果想要獲得，就要先給予——說出這句話的人，是個從未獲得愛的存在。不知道親生母親的長相，戶籍上的母親既冷淡又不友善。父親不僅沒有保護他，還強迫他回報「養育之恩」。

這樣的「家庭」驅使月也成為一名殺人犯。

因為思考方針、判斷尺度都讓他變成「犯罪者」。

（他需要的才不是偵探。）

咚，伴隨著清脆的聲音，陽介踏上樓梯。

「桂學長，今天晚餐要做芋頭燉肉喔。」

「喜代的那道拿手菜？」

「當然，這是喜代教我的，學長最喜歡吃的——」

瞬間，陽介不知該怎麼說。總覺得「媽媽的味道」不太恰當。如果是喜代做的芋頭燉肉，或許還可以接受。

自己做的料理，該怎麼說才好呢……

陽介沒有任何靈感，又再走上了一段金屬階梯。

「你啊，真的只有擅長廚藝耶。」

「只有是什麼意思！打掃、洗衣、曬被子都是我——」

「好啦好啦。」

沒有說出任何感謝的話，月也從陽介身邊走過。偷偷地從塑膠袋裡拿出巧克力。朝著有節奏地逃往二樓的背影，陽介只用唇語問：

——我能成為你的「家人」嗎？

在瞬間被犯罪者思考吞沒，眼看就要墮落的時候。

我可以成為控制力抓住你的心嗎？

「好難啊。」

說出喪氣話之後，抬頭望向天空。

天空藍得讓人希望眼鏡能模糊一點。

＊粉紅色大象〔pink elephants〕〔俚語〕（由酒精等引起的）幻覺

第6話　藍血

好熱——月也緊咬著嘴唇。

左側腹一直隱隱作痛，也有發熱的感覺。身體好像不是自己的，側腹的——那個傷口不斷抽動。

為什麼……

因為熱度而視線模糊的月也，看到一個嘴唇赤紅的女人，笑著撫摸傷口。

「月也弟弟，現在有一隻蒼蠅停在這裡。」

母親輕輕對傷口吹了一口氣。然後，當她拿起新的紗布時，更開心地勾起紅唇。

「這隻蒼蠅肯定會在上面產卵。真糟糕。之後月也弟弟的肚子裡，就會有卵孵化，跑出很多蠅蛆。」

母親的聲音很溫柔，和說話的內容相反，像在唱搖籃曲一樣。

「我說月也先生，好期待喔。總有一天那些蠅蛆會把你的肚子啃破衝出來耶。好期待哦。」

——媽媽，為什麼……

月也沒有發出聲音。但是呼吸越來越急促。

因為母親的疏忽而被美工刀割傷的側腹隱隱作痛。又痛又熱，令人難以忍受。所以，發不出聲音。

媽媽，為什麼沒有殺了我呢……

「我說啊，月也先生。被蟲咬破肚子是什麼感覺呢？會不會很痛啊？會不會很難受？會嗎？會嗎？你看，有一條白色的蛆。」

母親伸出的指甲，朝側腹的傷口——

「……啊！」

眼前一片漆黑。月也感到輕微的頭暈，慢慢坐起身來。正在思考這是哪裡，才想到這裡是陽介和自己居住的破舊公寓。

（現在幾點……）

月也深深吐出一口氣，摸到枕頭旁的手機。抱著膝蓋，幫手機解鎖。在刺眼的手機畫面上，數字顯示著剛邁入六月。

（喉嚨好痛。）

這已經不是口渴的程度。剛才說不定有慘叫。旁邊的房間只隔著一道薄牆，陽介是不是聽到了呢？

月也盯著右手邊緊閉的壁櫥。

在黑暗中無論怎麼看，都看不清楚隔壁房間的狀況。不，這麼安靜，應該是在睡覺。

一邊想著不要吵醒陽介，一邊下床，月也伸手按住拿來當床墊的棉被。能感受到濕氣滲透。看樣子吸收了不少睡著時冒出的汗。

（明明陽介最近才曬過棉被……）

月也撥起瀏海。頭髮也被汗水沾濕，感覺又黏又濕。如果不是身處寂靜的夜晚，還真想沖個澡。

月也拉開紙門，心想喝點水也好。

從自己的房間走向廚房時，必須穿過擺在客廳的雙人沙發。雖然是自己放在這裡的，但在這種只有手機微弱光源的狀況下，這張沙發真的很礙事。

（日下呢？）

跨過沙發後，視線投向右手邊的紙門。因為地震的影響，建築結構出現問題，出現幾公分的縫隙。因此，月也無法打開客廳的燈。

「……」

月也突然想要把陽介叫醒。為了抑制這種近似衝動的心情，月也緩緩眨了眨眼。他背對房間，急忙走向廚房。

從瀝水籃拿出馬克杯，倒入自來水。首都圈的水和那個城鎮的水相比，溫度較高並且不好喝。根據水務局的說法，已經美味到可以製成商品了。

「真蠢……」

月也一口氣喝完水，砰的一聲把杯子放在廚房。再度喃喃說著「真蠢」，然後隔著當作夏季睡衣的舊T恤撫摸著左側腹的傷口。那個夢——差點被母親殺死的夢，在梅雨的氣息中出現。

可能是因為在家裡快速偷偷處理掉的那個「事故」，就發生在梅雨季節吧。所以，那個像蚯蚓貼在皮膚上一樣的傷痕，應該是對濕度產生反應了吧。噩夢取代蛆蟲，從內部侵蝕著月也。

再度喝完滿滿一杯水，月也走向了沙發。

現在就能理解當初母親沒有殺死自己的原因了。

殺死只是一個瞬間的事情。然而，如果不殺，而是像這樣詛咒。四歲的月也很怕蠅蛆。每次露出害怕的樣子，母親都會笑。

二十一歲過後，根本不覺得蠅蛆會從側腹爬出來。傷口至今依然會痛。而且，母親一感受到梅雨的氣息就會笑。

父親——和母親一起笑了起來。從分家入贅的爸爸，無法在妻子的老家——「桂」氏本家——抬起頭來。反而是月也被責備說，不小心就被美工刀刺傷是怎麼回事！

（搞不懂……）

真的搞不懂。

搞不懂自己存在的意義。也搞不懂父親，母親。那個名為「家」，充滿難以言喻的不安……完全無法用邏輯來解釋。

因為沒有邏輯，所以也無法打破。

只是會化為蛆蟲，持續蠶食身體。

「……」

沙發的扶手很硬，睡起來不舒服。即便如此，月也還是不想回到被汗水浸濕的被窩裡，他一邊動一邊尋找舒適的位置，然後閉上眼睛。

「要是大家都死掉就好了。」

被蛇吃掉。被狐狸吃掉。然後被蟲吃掉……希望桂家的血統能夠斷絕。要是完全消失就好了。

（最差只要我死掉就……）

——桂學長會不會是想被某個人找到呢？

在昏昏欲睡的時候，記憶的某個角落，有個身材嬌小、戴著眼鏡的人微笑著。帶著狂妄又有酒窩的笑容。自以為是偵探似地，直直地伸出食指。

我找到你了。

那是高中二年級的暑假。

那個城鎮發生了一連串的縱火事件……

「到底為什麼直到暑假為止都要繼續社團活動啊？！」

陽介抓起白色開襟襯衫的胸口，用墊板啪噠啪噠地搧風，嘟著嘴表示不滿。

這間高中物理實驗室，位於東北的農村城鎮裡，一間沒有預算的公立學校中，似乎根本沒有考慮安裝空調。

因為是盆地，熱氣無處宣洩，上午就會超過三十度，在這種城鎮裡沒有空調，月也認為是大問題。然而，預算並沒有因為桂議員的兒子就多撥一點。本來桂家的父親就不曾想過這種事。

「在假期結束後的文化祭上，我們必須展示社團活動報告對吧。這也是沒辦法的事。」

「話說回來，校規規定全校都要參加社團活動本來就很奇怪啊。那說好的個人的自由呢？我覺得也應該有不參加的自由吧？」

「如果不參加社團也能寫內部申請書的話，那就不會強迫大家參加吧……好了，不要再抱怨了，好好想想展示內容吧。」

黑色的耐高溫實驗桌，因為被陽光照射而顯得溫熱。在陽介面前撐著下巴的月也，偷偷瞄了一眼左手腕上的手錶。十點四十八分。

「話說回來，桂學長，」

陽介用抗議學校的口吻繼續抱怨。

「活動報告不是從春季或者從前一個年度開始的活動嗎？為什麼現在變成暑假前決定題目啊？而且啊，我記得科學社以前從來沒有展示過什麼。我去年有參加文化季，桂學長有展示什麼嗎？」

「那是因為……去年只有我一個人，所以才能瞞過老師。但是從今年開始不是有日下你了嗎？社員增加之後，就不能什麼都不做了。之前什麼都沒做，所以暑假基本上每天都要有活動。」

「我來錯社團了！」

陽介一邊搧著墊板，轉動一圈圓椅。滑順整齊的黑髮，看起來與睡歪亂翹無緣。戴著正經八百的眼鏡。沒有開口說話的時候，就像是一個很守規矩、尊敬長者，自然而然就會使用敬語的樣子。

事實上，月也所知道的「日下」的父親就是這樣的人。

總是帶著親切的笑容，以溫和的態度對待他人。這似乎是代代相傳的氣質。至少，這個城鎮的居民已經理所當然地認為「遇到困難就去找日下家」，代表日下本家博得了居民的信任。

而下一代的「日下」就是這個傢伙。

就連對學長月也也不使用敬語。讓人感覺不到是在商量自己的困難，用詞隨便到誇張的地步。

身為政治支配者的「桂家」，似乎沒有刻意和日下家建立緊密的關係。桂家似乎把日下一族當成消除不滿、釋放壓力的存在。

因此，家人從來沒有介紹陽介給月也認識。在科學社相遇應該是偶然，陽介——日下家似乎也沒有積極和桂家建立關係。儘管如此，也不代表是敵對關係，就只是一般人際關係。

（……雖然有點不太自然就是了。）

無論是政治上還是日常諮詢，只要被鎮上的人視為可信賴的對象，即使是再正常不過的情況，也難免會產生微妙的氣氛。當桂的父親提到日下家的話題時，會有種不自然的緊張感，月也現在大概知道是這個緣故了。

然而，調查陽介的時候並沒有發現可以利用的關係或能威脅的資訊，他的成績就像標準分數的範本一般平淡無奇，而且在班上並沒有隸屬特定團體的跡象。

因為經常忘記寫功課，常常被叫到教職員辦公室。雖然月也覺得，如果真的那麼不想寫作業，就去借同學的來抄就好了。總覺得陽介是故意把「被老師叫出去」當成目標。

簡而言之，他只是想裝壞而已。

青澀的青春期。對月也來說，只能用「愚蠢」來評斷。

「但是啊，桂學長，每天都被迫參加社團活動的話，我就寫不完作業了耶。」

「……這有什麼問題嗎？」

沒辦法當著本人的面說：你平常不是都忘記寫作業嗎？畢竟本人若是發現在不知情的狀況下被調查，可能會引起不必要的懷疑。既然自己理虧，還是盡量避免被追問到底。

「呃──是沒問題啦。不過，我也是想要考首都內的學校。」

「你這樣說，好像表示我要讀首都圈內的學校。日下學弟知道我想要讀哪間學校嗎？」

「我不知道，不過桂學長不是整個學年的第一名嗎？總覺得你會去首都圈讀書。如果和你這樣的人一起過暑假，就可以把你當作特別講師，這樣應該更有益。說不定，這樣就能找到科學社要展示的主題耶？」

「原來如此。所以你才帶著墊板來啊。」

月也深深地吐出一口氣。

在不用上課的暑假，進行社團活動。截至目前為止，陽介一直都沒有做什麼像樣的社團活動，只是隨心所欲地看書或玩手機，今天為什麼會帶著文具來呢？

他一直以來的態度證明，並沒有打算認真參與社團活動。陽介從一開始就打算趁暑假寫功課。

或許，他並不是真的「愚蠢」。

在重新評估陽介的同時，月也用手背擦拭額頭的汗水。

「要從哪裡開始呢？」

「英文。」

他眼鏡後的眼神閃耀光芒，從後背包中拿出一疊印刷品和一本英和辭典。要求學生翻譯完整篇英文老師隨意挑選並改編的短篇小說，是這所高中暑假與寒假作業的慣例。

「那我們盡快完成吧。」

再次嘆了口氣，月也視線看向手錶。十點五十八分。

——三十分鐘後。

確認現在時間為十一點二十七分，月也情不自禁地拍了實驗桌。

「你連這種程度的文法都記不住嗎？」

「沒辦法啊，我和學長不一樣，不是天才啊！」

「……」

「……」

這不是什麼特別的對話。凝聚在實驗室裡的熱氣、濕度、陽介的愚蠢，讓月也焦躁到不由自主地說出這些話。陽介也只是順著話回應，隨口說說而已。

但其中有點不對勁。

同時也豁然開朗。

（難道是討厭「日下」家嗎？）

在這個城鎮已經約定俗成，成為大家日常諮詢對象的「日下」家——雖然可疑的生物學指出性格會遺傳，但不代表日常諮詢的角色也能遺傳。從邏輯角度思考，一定是因為農地面積的關係，所以才自然而然成為從中協調的角色，然而，「家族」的力量正世世代代維繫這份信任。

日下家的家訓，就是以恭敬的言辭和溫和的態度親近對方。

陽介正在試圖逃離這樣的家族。

然而，他又無法成為不良少年。總之就是個半吊子。即便如此，努力奮鬥的結果，造就了一個會用粗魯的第一人稱，叫做「日下陽介」的人。

為了主張自己不同於以前的日下，否定他人想像——

「……原來，你也跟我一樣啊。」

月也喃喃自語，然後噗嗤一笑。陽介在黑色實驗桌的對面，皺起眉頭和鼻子，明明快要哭出來，卻硬擠出笑容。然後，他像個年幼的孩子一樣點了點頭。

「學長也討厭『家族』嗎？」

「對啊。」

月也點點頭，將與父親相同質地的捲曲黑髮纏繞在食指上。這樣的髮型和細長的眼睛，無可避免地給人一種魔鬼般的、嚴厲的印象。桂的父親把這一點當作武器，以傲慢和冷酷的態度來利用它。

月也非常討厭父親的作法。

所以，試圖建立一個與外表不同的內在。

為了不讓他人心中的形象成真。想要讓自己變得不像桂家的人。希望能多少躲避一些桂家的「血脈」。月也懷抱這樣小小的願望。

為了保護不屬於任何人的「自己」，桂月也創造出一個「我」。而且已經習慣且親近這個「我」，甚至覺得這就是真正的自己。
（結果「本質」還是不同嗎……）
因為陽介，才發現這一點。不，是被提醒了。因為遇到和自己一樣討厭「家族」，並試圖保護自己免受家族傷害的人，所以被點醒了。
「……日下。我只是你科學社的學長，至少在這裡的時候，就忘記家世吧，」
「是啊。其實我已經很累了。不知道哪個才是真正的自己。明明不喜歡像日下家，但也覺得自己營造出來的『我』不是真正的我……所以啊，如果學長只是單純的學長，那我也只是單純的學弟。至少在這個教室裡要這樣才行。」
陽介好像鬆了一口氣似地苦笑著，然後把因為汗水滑落的眼鏡推回來。月也看了看手錶。十一點四十二分。
消防警報響起。
「又來了。七月到現在已經第五次了吧？」
「……是啊。」
「話說回來。第二次不就是在學長家嗎？只是稍微燒到緣廊對吧？真是可惜，竟然沒有太嚴重。」

「就是說啊。」

「第一間空屋全被燒毀了。這個城鎮的特色就是有這種廢棄很久的房子，裡面堆滿垃圾。不過，我爸有參與消防團，他說火源好像不是菸蒂之類的東西。」

在埋頭讀英文講義的休息時間，陽介不知道想起什麼，開始整理之前發生的「火災」。

第二個地點是桂家的宅邸。這個火源是確定的。火源來自放在緣廊的牽牛花花盆。安裝在花盆上的供水寶特瓶引發了聚光性火災。

第三個地點在御堂家宅邸。倉庫旁堆積的回收垃圾。其中的報紙起火成為火源。不過，目前仍在調查是什麼東西點燃火苗。

第四個地點在日向家的宅邸。這裡也是因為堆積在倉庫裡的回收垃圾引起火災。一樣還在調查起火的原因。

然後就是今天，第五個火災現場。

「鎮上大家都說這是連續縱火案。不過這樣一看，只有桂學長家跟其他案件不一樣。起火點非常明確。」

「那就表示我家的火災單純只是意外不是嗎？」

「是這樣嗎？」

「……你這話是什麼意思？」

「不，沒什麼意思。只是，我在想為什麼呢？如果包括桂家的小火警在內都是連續縱火案，那就能理解縱火人的動機了。」

「……」

「雖然明白目的……但第四起日向家的火災，讓我有點火大。」

「這又是為什麼？」

「因為日向家就像對自己的孫子一樣愛護我啊。」

眼睛後的睫毛顫動，陽介微微皺起眉頭。那隻手握著的筆尖，一圈一圈地畫出了像滿月又像太陽的圓形。

「日向夫妻只有一個女兒，叫做望。他們經常給我看相簿，大部分都是在千葉的主題樂園拍的。」

講義的角落印有三個圓形的組合裝飾。光是這樣就能辨認出老鼠圖案，陽介對著圖案微笑。

「她說圓圓的耳朵跟自己一樣有魅力，所以她非常喜歡。她還因為這樣夢想著要去佛羅里達的迪士尼當演員。」

「……從這種鄉下地方去美國？」

「沒錯，從這個鄉下地方。」

不由自主地從嘴裡說出的話，讓月也和陽介同時嘆了口氣。其中微微散發的可能是「羨慕」吧。

日向夫婦對於讓獨生女去美國的事情持正面態度。

「以我們父母那一代的角度來說，他們的想法很先進。所以我到日向家跑腿也不會覺得不開心。即便日向家總是透著一種很寂寥的感覺。」

「聽你的口氣，日向望已經……」

「是啊。十七年前就去世了。比起去美國，她選擇了更重要的未來，就是成為一個母親。在生產的時候就……所以，日向夫婦同時也失去了第一個孫子。」

如果孫子活著的話，就跟陽介同年，所以非常疼愛陽介。月也不知道該想些什麼，只能隨口回應。

「話雖如此，日下和日向家關係沒那麼親近吧？」

「是啊。不知道是不是因為這些境遇，我爸也比較關心他們。會讓我送一些剛採收的蔬菜過去。畢竟不是不認識，所以唯獨對日向家的火災感到憤怒。」

「這樣啊。為別人的事情感到憤怒，『日下』家的人果然不一樣啊。」

「……總之！起火時間包括剛才的第五起，都巧合地在中午左右。在這個大家都彼此認識的城鎮裡，隨便進入別人家的地盤很容易被發現。學長，你覺得呢？」

「所以你的意思是有定時裝置嗎？」

「有可能嗎？」

陽介的視線透過眼睛，筆直地注視過來。眼神中難以理解的含意，讓月也不由得移開目光。原本用右手撐著臉頰，這次換成左手。手錶指針的聲音突然格外刺耳。

「其實，如果都是聚光性火災的話就有可能。」

月也舔了一下非常乾燥的嘴唇。

「第一起火災的空屋裡到處都是垃圾，所以即使有空著的寶特瓶也不會顯得奇怪。其他倉庫火災也一樣，是回收垃圾存放區著火。趁夜深人靜的時候，把裝水的寶特瓶放在裡面，裝作一副毫不知情的樣子，這個季節應該就會發生偶發性的火災。」

「所以你才一直注意時間嗎？」

「……你這話是什麼意思。」

陽介緩緩眨眼，用令人火大的動作推起眼鏡。

「沒什麼意思啊。我只是覺得奇怪。去年明明就沒有展出什麼東西，只是因為有我在就要認真做社團活動，還在暑假期間把我叫出來。結果，學長一直很在意時間，總覺得很奇怪啊。」

「……所以呢？」

「而且，剛才聽到警笛聲的時候，學長笑了耶。所以我就在猜，該不會是……學長這麼討厭自己家——討厭這個城鎮，說不定會想要乾脆整個燒掉。」

「什麼跟什麼啊。」

月也用沒有撐著臉頰的右手按著眉心，左右輕輕搖了搖頭。故弄玄虛的態度，讓人以為要開始模仿偵探了。陽介的邏輯非常不可靠。聽起來像是單純把想到的事情列出來而已。

「那你是想說，我利用你當不在場證明嗎？」

「應該不是吧？學長自己說明了定時裝置，那不在場證明也就失去意義了不是嗎？」

「說的也是……」

「所以，」

隔著實驗桌面對面，陽介像月也一樣用左手撐著臉。開始凝視著右手——大拇指根部的傷痕。

「我總覺得……如果桂學長跟我一樣，討厭自己的『家』，但又無可奈何。不知道自己是誰，也不知道自己在哪裡——」

彎曲食指，陽介用指尖抓了抓傷口的邊緣。小小的，像蚯蚓一樣的傷痕。月也想起他身上也有一樣的傷痕，把原本按在眉心的手移到左側腹。

「桂學長會不會是想被某個人找到呢？」

「……」

「既然如此，」

陽介用他在撥弄傷口的食指指尖，指向月也。帶著傲慢的微笑。就像在學哪個偵探一樣。

「我找到你了喔。」

鏡子反射陽光，陽介笑了起來。在那個眼神中，月也心中混亂的波形——自我或者是身分認同之類的，構成「桂月也」的一切碎片瞬間整合起來。

所以月也毫不猶豫地坦白。

「沒錯，我就是連續縱火犯。真不愧是名偵探。」

「請不要用這種可疑的措辭。我才不是偵探。我只是稍微有一點了解你的心情。」

「那你怎麼沒有去縱火之類的？」

「很簡單啊。」

陽介收回了朝向月也的食指。他把那隻手大拇指根部的傷痕展示給月也看。

「受傷很痛苦對吧？」

「我不想傷害任何人，也不想受傷。如果會受傷的話，我會想辦法逃走。」

陽介一邊不安地顫動眼睫毛，一邊推了推眼鏡。

即使如此，月也仍然覺得自己很「強大」。

所以——

（——如果有一天自己的波形再度混亂，墮落了，但願你能找到我啊，日下。）

即便是在完全犯罪成功之後。即便是在自己死後。

希望陽介能發現「桂月也的想法和行為」。希望他能理解自己。現在的月也，抱著與「完全」犯罪矛盾的願望。

一切都是因為日下陽介是一位「名偵探」。

（雖然不甘心，但是他好耀眼啊。）

忽然，月也睜開了眼睛。黎明前的微暗，沒有想像中那麼刺眼，有個人躺在沙發靠背上露出後腦勺。看樣子是在睡覺。聽得到有規律的呼吸聲。

「……」

手從不知道什麼時候被蓋上的毛毯裡抽出來，月也把柔順的頭髮纏在食指上。然後，使勁一拉。

「你這個笨蛋，怎麼會睡在這裡！」

「學長，啊！」

慘叫一聲之後，陽介重新戴好滑落的眼鏡。他沒有轉向月也，而是背靠著沙發抱膝。

「因為學長看起來很寂寞的樣子，我只好犧牲自己的身體陪在你身邊啊！結果竟然得到這種回報！」

「莫名其妙。」

「反正你又在做小時候的夢吧？」

「……你怎麼會知道啊？」

「因為是我啊。」

陽介輕輕地笑了起來。月也盯著明明沒有邏輯，直覺卻非常敏銳的同居人的髮旋。

「但是，真的很恐怖耶。第一次看到傷口時，覺得很驚訝。我很懷疑『桂家』會做到這個程度嗎？」

「與其說是桂家，不如說是我母親吧。她因為我整個人都瘋了。」

月也隔著毛毯輕輕撫摸左側腹。陽介是在開始合租後才知道這個傷。月也因為洗髮精用完，一時大意把陽介叫過來，就被發現了。反正也沒有必要隱瞞，所以就說了蠅蛆的事情。

「我都講過這件事了，日下學弟竟然……就這樣毫不在意地開始在家裡種菜。」

「啊——原來你是因為這樣討厭蟲啊。那我真的是太草率了。」

「如果有反省的意圖，日下學弟，能不能稍微借一下右手？」

「我的手堪用的話，請吧。」

陽介略微扭動上半身，將臉朝向相反的方向，然後伸出右手。他用左手抓住手腕，月也靜靜地注視著大拇指根部的傷口。

在皮膚上突兀的白色傷痕。大概有五公分左右吧。可以看出筆直切開的傷痕。他用右手的大拇指撫摸這個傷痕的時候。陽介笑彎了腰。

「我覺得很癢。」

「不痛嗎？」

「我不覺得痛。只是偶爾會覺得怪怪的。畢竟是很久以前的舊傷了……學長到現在還會覺得痛嗎？」

「因為我的傷痕裡有蟲。」

「真是不科學。」

「是啊。」

月也微微苦笑後放開了陽介的手。突然，兩個人的手掌都有一陣涼意。月也意識到，人類是擁有溫度的動物，這很正常。

（好像從來沒有牽過手呢。）

盯著空空的雙手，想起了父親和母親。從來沒有人對自己伸手求援，自己也從未伸出援手。

（能殺人的時候，應該要先握個手吧。）

告別的握手，就當作前往冥界的伴手禮。如果才剛死，雙手仍有溫度。應該吧。月也第一次在腦海中浮現起父子倆死前的樣子，讓他忍不住噗嗤一笑。

「你又在想一些沒頭沒尾的事情了吧？」

被原本轉過頭去的陽介瞪著，月也不服氣地嘟起嘴。

「怎麼回事，今天眼鏡沒有起霧啊。」

「平常就沒有起霧，請吧。」

陽介再次伸出右手。盯著那隻手掌，月也眨眨眼表示不明白。

「學長其實想和某個人牽手吧？」

「……」

「這裡只有我一個人，所以特別例外借給你。所以不要再露出想死的表情了。」

「……我又沒有想……」

「學長，你已經不是一個人了。縱火那個夏天，我就已經找到你了。請吧。」

「……」

總覺得按照指令牽手很火大。所以，月也像是在比腕力一樣用左手抓住。本來想要竭盡全力握緊，但是辦不到，只好閉上雙眼。

「我要睡了。」

「要唱搖籃曲嗎？」

「不用。而且你是令人絕望的音癡耶。唱歌難聽到可以在文化祭的時候當成搞笑段子表演對吧？」

「唉呀，你很清楚嘛。我們班文化祭是推出歌唱咖啡廳。學長那天應該自動休假才對啊。」

「……」

「喔……那我如果認真唱那個城鎮的搖籃曲，學長也會笑嗎？」

「我可不想被笑聲殺死，好了，閉嘴吧。」

「好啦好啦。」

聲音聽起來很無奈。臉上應該也露出相同的表情吧。閉上眼睛的月也無法判斷。雖然無法判斷，但是左手傳來的溫度，感覺非常溫暖。

所以，他更強烈地祈禱。

當自己有一天墮落的時候。

（用你的語言和毫無道理的邏輯，找到我吧，陽介。）

就像那個夏天的名偵探一樣。

＊藍血〔blue blood〕貴族（的血統）

第7話　我和我壓扁的柳橙

電視上映出了一把塑膠傘的背影。應該是受到十一日在關東地區宣布梅雨季節開始的影響吧。然而，這場雨肯定是媒體安排的演出。

透明的雨傘下，年輕人揹著一個大約有一半身高長的箱子。從獨特的形狀看來，明顯是一把吉他。那獨特的背影和雨水，還有被歸類為「具有接待性質餐飲店」的LIVE HOUSE，整個畫面確實地傳達出新冠疫情帶來的憂鬱。

在那種無法抹去作假感的傍晚新聞中。

揹著吉他的背影，正在哀嘆著「夢想被奪走」。LIVE HOUSE不僅停業甚至還關門大吉，失去了演奏的舞台。地下偶像們紛紛解散。那個背影組成的團體似乎也處於危機之中。

『但是！不想被疫情打敗——』

月也關掉電視，某媒體構思的熱烈決心突然中斷。月也坐在固定位置上，陽介與沙發的右側保持距離，坐在左側的扶手上，盯著按壓遙控器電源鍵的指尖。

「剛才那人，感覺跟我們同年齡層耶。」

「……」

「……學長以前也很想組樂團對吧？」

「才沒有。日下是真的想當老師嗎？」

月也將遙控器朝自己和陽介中間丟了過去。撞擊沙發彈簧後略微回彈的遙控器，有按鍵的那一面朝下蓋住。

「我之所以想當家政老師，」

離開扶手，陽介重新坐回地板上。伸直右腳，只抱住左膝蓋。

「除了對烹飪感興趣之外，就是為了洗腦。透過家政課學習飲食，培養孩子對農業的興趣。如此一來，就能讓孩子把『務農』也當成像在一般企業工作那樣的選項。如此一來……」

「未來可以終結『日下』就對了？」

「我是這麼打算的。」

陽介深深地吐出一口氣，雙手用力環抱膝蓋。曾經有一度，想把腦海中浮現的言語說出來，但是在說出口之前就消失無蹤了。陽介束手無策地咬著嘴唇。

其實自己是想要在這裡拿到教師執照。然後去工作。再也不要回到那個城鎮。就算不用一再確認決心，也認為自己已經採取了這樣的行動。

要是能去學校上課就更好了，學校完全沒有那個城鎮的氛圍。

有一些只去過校外教學的西日本學生。還有距離更遠的，來自南方的學生，甚至有國外的學生。當然，也有東北地區的學生，但不見得都是農家子弟。即使校園和教育學院建築本身空間有限而且又狹窄，但是聚集在那裡的人們，每個人心中懷抱的思想，對陽介來說非常寬廣。

然而現在——

每天與同鄉的月也獨處。

開始嘗試理科偵探的工作，雖然是透過網路，不過至少還能維持與外界的連結。能夠打發時間和賺取零用錢，只是不像在校園那樣自在。

（啊——不行了。傷害比想像中還嚴重啊……）

陽介將額頭壓在他彎曲的膝蓋上。

之前的委託，讓陽介意識到一件事。自己其實沒辦法完全拋棄那個城鎮，以教師的身分生活，將「土地」的事情丟給下一代煩惱。按照老家父母無條件的信任，陽介也毫無自覺維持著「日下家長子」的模樣。

因此，即使到現在「放棄繼承」這個詞仍然沒有實質意義。

「……學長會繼承桂家吧？」

家裡已經安排好，畢業後月也會成為桂議員的秘書。就這樣，進入首都圈的大學只是出於追求社會地位。也就是說，他是以擴大人脈為名，說服「家族」接受自己到首都圈讀書。

其實真心話是想要有緩刑期。能以與桂家無關的「月也」生活，可以說是僅剩兩年的泡沫。

這也是自由思考完全犯罪的時間。

「為什麼你能接受呢？」

「我並沒有接受。」

「但是你會繼承家業吧？」

「這要說繼承嗎？畢竟我的目的是殺掉桂家一族耶？」

「你這麼老實，我也很困擾。」

陽介的額頭繼續抵在膝蓋上，只是把臉轉向月也。視線相對的時候，月也哈哈大笑起來。

「想要殺人，就必須在犯案現場。如果有隔空殺人的超能力，不用繼承家業，我現在就能動手。如果有什麼完全犯罪的妙招，我馬上就會去做。偏偏現在還沒有這種方法，所以我只好繼承了。」

「……笨蛋。」

陽介喃喃自語著，垂下眼簾。他就這樣滑躺在地板上。差不多到了該開始準備晚餐的時候，但陽介一點也不想動。此時感覺到月也把腳放在沙發上。

「你身體不舒服嗎？」

「只能說心裡不舒服。甚至想要揍桂學長一頓。」

「……還是我來做晚飯？」

「你會嗎？」

「我好歹獨居過一整年啊。不過，經常在大學學長那裡蹭吃蹭喝，打工的地方也有員工餐就是了。」

「這就是在地方很有勢力的人啊。」

陽介嘆口氣，說話帶著挖苦，撐起上半身。重新戴好眼鏡站起身，高舉雙臂延伸。他刻意改變音調，試圖強制轉換心情。

「學長，晚餐有想要吃什麼嗎？」

「速食拉麵。」

從背後傳來的回答，聽起來有點彆扭。陽介笑了笑，便啪嗟啪嗟地往廚房走去。這個家裡沒有拖鞋這種時尚的東西。

「剛好有味噌，那就搭配炒蔬菜加水煮蛋，可以增加一點分量。」

「那就隨廚師的喜好吧！」

在他誇張的回答之後，出現多個笑聲。看樣子月也打開電視了。陽介在廚房不知道節目是什麼內容，不過好像是在說一名年輕人被疫情奪走夢想，最後還不幸逝世。

（夢想嗎……）

陽介一邊切著胡蘿蔔一邊苦笑。

真正的夢想當然不是什麼家政老師。那只是為了逃避那個城鎮——農家長男的宿命。如果說現在有一個可以稱為「夢想」的東西……陽介突然想到，拉開廚房的櫥櫃抽屜。

裡面收納了餅乾模具等製作糕點的工具。大約三個月前，陽介一時興起做了一些烘焙的點心。政府強調居家隔離，所以就連平常不做點心的家庭都開始對烘焙有興趣，麵粉便開始缺貨。從那之後很久沒做餅乾了。

從一堆模具中選擇了星星。如果泡麵上有星星形狀的胡蘿蔔，月也會怎麼想呢？首先，他應該不會像小孩子一樣興奮。

（如果是家人的話，我要扮演什麼角色才好呢？）

把脫模的胡蘿蔔擺在小碟子上，加少量的水並蓋上保鮮膜。為了不在炒菜的時候摧毀外觀，單獨把星星胡蘿蔔放進微波爐加熱。

（因為要負責所有家務就被當成媽媽，這樣也很討厭耶。）

把剩下的胡蘿蔔和冰箱裡所有的蔬菜放進平底鍋。豬肉沒有解凍，所以今天晚餐沒有肉。就算有肉，從卡路里的角度來看，飲食一直都是個問題，因此兩個人都保持著纖瘦的身材。談話節目說有很多人因為疫情運動不足導致發胖，相較之下這個家就沒有這種問題。

（父親不在選項內。）

就算不集中注意力，也不用擔心烹飪會出問題。還有心思可以照看提前煮的水煮蛋。

應該是說，反而在烹飪的時候，陽介的思緒更加清晰。

（「殺父」失敗這一點，我也一樣吧？）

以希臘神話《伊底帕斯王》的故事為基礎，佛洛伊德將戀母仇父的行為命名為伊底帕斯情結。不過自己並不渴望擁有母親，在現代社會之中也不會有真的「殺父」這種事。

殺父——超越父親，這就是成長過程中的成年禮。在精神上殺死父親。又或者，稍微擴大解釋，就是指擺脫過去或舊體制。

無論如何，陽介和月也都無法殺死「父親」。所以，兩人都知道自己可能有些扭曲。

（但也不是說真的殺掉就沒事了。）

陽介嘆了一口氣，把平底鍋中微微升起的炒蔬菜熱氣吹散。月也比陽介更扭曲。希望多少改變一點，或許只是自己想改變的自私想法吧。

如果他能改變想法，或者自己能改變他的話就好了。

或許能不再因為那左右不對稱的淺笑而受傷……

（我啊，還真是任性。）

桂月也是縱火那個夏天，找到我的人。如果那個時候，月也沒有一起分擔心中的疑問，放火燒掉自家和那個城鎮的人，可能就是自己了。

當時，要是沒有月也用陰鬱雙眼笑著坦承自己是連續縱火犯……

自己可能就會忘記「受傷很痛苦」這個理所當然的事實。沒錯，所以啊，那個夏天是「零」。

陽介處於無限趨近於負數的正方，而月也處於無限趨近於正數的負方。或者應該說，月也就是陽介的「未來」。

（他是我的恩人啊。）

在我墮落之前就墮落的人，向陽介示範了一旦墮落會怎麼樣的人。想要拯救那個人，只是出於自我滿足的狂妄。希望他不要再墮落一次。

不想受傷。自己也不想受傷。

因此，陽介認為月也需要的是「家人」。因為本應該理所當然擁有的家庭和愛，他都缺失了，所以才會變得扭曲。

（如果我來扮演家人的角色，應該還是當兄弟比較恰當吧。）

陽介一邊剝水煮蛋殼，一邊皺眉。為了彌補月也缺失的「家人」，自己可以扮演哪個角色呢？

將完成的味噌拉麵端出來時，電視再度沒有聲音。新聞一再重複相同的話題，也許那個揹著吉他的背影又出現了。

陽介還在想事情，默默在月也面前擺好碗筷。因為沒有托盤，所以一次只能端一人份。陽介小心翼翼地捧著自己的碗不讓湯灑出來，終於送到桌上的時候，夾了一些在炒蔬菜中最突出的豆芽菜。

「我開動了。」

月也離開沙發，盤腿坐在地板上，小聲地雙手合掌。當那雙筷子夾起星星形狀的胡蘿蔔時——

「……我可以叫你哥哥嗎？」

「什麼？」

星星胡蘿蔔從月也筷子的前端掉進湯裡。

「我是說桂學長。這裡又不是科學社。如果只是合租這段期間的假兄弟，可以叫你哥哥嗎？」

「喔……」

像是懂了什麼似地點了點頭，月也從湯中撈起星星胡蘿蔔。投以些許同情的視線之後，把胡蘿蔔放進嘴裡。

「畢竟你是長子嘛。」

「啊？」

「日下家的長子。農家的長兄。因此被加上了無謂的負擔。那個城鎮很守舊，所以認為當哥哥的就很了不起。你一定很想當弟弟吧。」

「……」

陽介低下頭。拉麵的熱氣使眼鏡蒙上霧氣。趁著機會，陽介瞪大眼睛。月也應該因為眼鏡起霧，所以看不到自己疑惑的眼神吧。

（我想當弟弟嗎？）

或許是這樣吧。把一切都推給哥哥，輕鬆生活的弟弟。實際上陽介有的不是弟弟，而是妹妹。她總是自由地談論夢想，隨心所欲地生活，這讓陽介感到非常火大，所以盡量忘記她的存在。

（結果還是為了自己啊。）

陽介苦笑吃著麵條。想著也許應該多放一點黑胡椒，然後拿下眼鏡。用襯衫的下襬擦去蒸氣，重新戴上。

「所以可以叫你哥哥嗎？」

「那我要叫什麼？」

「隨你高興，可以叫我名字，也可以叫我小陽。」

「小陽不太對吧！」

月也哈哈大笑，又夾起星星胡蘿蔔。然後慎重地放在切半的水煮蛋上，豪邁地把含有大量豆芽菜的炒蔬菜送進嘴裡。喝完湯之後，月也站起來。

「你這個弟弟也太好了……陽介也要水嗎？」

「啊，拜託了。月也哥。」

月也第一次聽到這個稱呼，嘴角微微上揚。他一邊抓頭一邊走向廚房，彷彿要掩飾自己的害羞。視線從那個背影移開，陽介用沒有拿筷子的左手按住眉心。

（這樣可以嗎？）

月也究竟會不會為了「弟弟」而停下腳步呢？雖然這個類家人計畫已經前進一步，但陽介仍然無法完全接受。

也許是因為他知道。假裝沒注意到的「正解」會持續嘲笑自己，彷彿在說「你也就是那種程度的存在而已」。

真正需要的是——「親子」關係。

那是構成家庭的核心元素。自己其實也很清楚。陽介絕對無法創造出真正的家人，那是不可能的。就算天地翻轉，身為男性的陽介仍無法把月也當作「父親」。

組成家庭明明很簡單，但因為有一個絕對的性別壁壘，只能打造出虛假的家庭。

「……」

絕望的心情化為嘆息。在桌角充電的手機突然震動了一下。之後出現紅色閃燈的通知。是委託信。

「大哥，有委託信耶。」

「吃完再看不就好了？」

月也把馬克杯放在桌上，然後開始吸起麵條。麵放太久只會變得更難吃。陽介也選擇優先吃晚餐。

整理碗盤，準備好餐後的紅茶之後，兩人開始讀起委託信。

【暱稱　主唱少女】

發郵件太麻煩了。用即時諮詢功能吧。我現在有空。

「真沒禮貌。這種傢伙，真的很麻煩耶。」

「要拒絕嗎？」

「倒也不用，就當打發時間聽她說說看好了。即時諮詢是什麼？」

「喔，網站提供的視訊功能。簡單來說就是視訊通話。比寫文章更簡便，可以即時會議，所以大部分的用戶都用這個功能交流。」

「咦？那我之前都辛辛苦苦打字，到底是為了什麼？」

「因為傳輸量很大，所以……」

「啊……」

這是個沒有Wi-Fi環境的貧窮居所。陽介和月也的手機都使用最低流量的平價方案。

不過，在外出受限之前，只要出門一小段路就能找到免費的Wi-Fi。這樣就足夠了。

「要跟鄰居借用網路嗎？」

月也毫無愧疚之意地歪著頭，拿起自己的手機。白天大部分的時間手機都毫無存在感地卡在沙發縫裡，陽介根本不知道裡面有裝什麼應用程式。然而，從他現在的口氣，可以感覺到他早就已經有相關前科。

「我不在的那一年，你到底過著什麼樣的生活啊？」

「清清白白、正正當當、健健康康地生活啊。這不是理所當然的嗎？一旦不慎招惹了警察，可能會成為完全犯罪計畫的障礙。」

陽介抱著頭，用熱紅茶讓心情平靜下來後，簡短地回了一封郵件給主唱少女。直接說因為受限於流量，所以只能用語音會議。即便如此，流量上的負擔還是很大，所以請盡量使用郵件。不過這位主唱少女對語音會議也不太滿意。看樣子是想要看看「偵探」本人。

最後月也送出郵件表示：「我希望您能透過聲音想像我的樣貌。既然您自稱主唱少女，那應該能明白『聲音』的重要性吧？」委託人才同意退讓。

「不愧是大哥，掌握人心對你來說根本是小菜一碟。」

「吵死了。」

當月也嘟起嘴唇啜飲紅茶的時候。「技能8結緣」應用程式中的即時通訊功能，通知主唱少女傳來訊息。

陽介用眼神對月也示意。月也一副嫌麻煩的樣子喝了一口紅茶後，輕輕點開通話按鈕。對著放在桌子上的手機苦笑著說：

「初次見面，我是理科偵探。」

『哇！這個低音聽起來不錯。還有，感覺比我想像的更年輕耶？』

就像透過文字可以感受到的，主唱少女的聲音尖銳，讓人聯想到女高中生。雖然自稱主唱，不過應該是沒有受過專業訓練的業餘表演者吧。

「閒聊差不多到此為止，希望您能盡快告知委託內容。請問您碰到了什麼問題呢？」

『啊——我覺得我姊好像是「自肅警察」耶。』

月也的視線轉向陽介。陽介皺眉回應。這件事情或許已經超越理科偵探可以處理的範疇。

「我確認一下，您說的自肅警察，是指在疫情期間，自認正義的惱人行為對嗎？」

對那些謹慎營業的餐飲店、遠端聚會的居酒屋，張貼威脅性的紙條或在大門上塗鴉。其中還有一些人會在鑰匙孔裡倒入膠水、打破玻璃窗。

這些行為不僅針對商家。還有人因為沒戴口罩在公園散步，就遭到騷擾。

像那樣把約束自己當成正義、像警察一樣到處取締別人，如果主唱少女的姊姊真的這麼做……

「抱歉，這應該超出我們的能力範圍了。在事情鬧大之前，先向警方求助應該比較……」

『這就是大問題。如果姊姊就是犯人，那我們就再也無法唱歌了。』

「這是什麼意思呢？」

『你不懂嗎？我姊啊，在LIVE HOUSE貼了紙條。人家明明在這種狀況下仍然開店，這樣對店家來說很困擾耶。叫人家考量安全問題，乾脆停業。你說，這不是很糟糕嗎？那我們要去哪裡唱歌？』

從情緒化的主唱少女那裡獲得的資訊都很自私和片面。然而，即使如此，也能大致了解她日前所面臨的情況和問題。

按照主唱少女這個暱稱推斷，她應該有組樂團。而且，在附近的LIVE HOUSE表演。

結果出現新冠疫情。

就像新聞報導中描述的，她把音樂當作夢想，卻失去表演的舞台。偏偏是自己的親人……不對……

「妳為什麼斷言兇手是姊姊？在店前貼紙條，任何人都辦得到吧。既然妳斷定姊姊是兇手，那有什麼證據或者親眼目擊嗎？」

『沒有……』

「沒有嗎？」

月也的眼睛銳利地瞇起來。如果不是只有聲音的話，委託人可能會嚇得發抖吧。

「那妳是有什麼怨恨，才想要讓親人變成兇手？」

『咦？我沒有那個意思……但是！姊姊就是很討厭樂團啊。一直說要離開。所以……』

「所以，必須用威脅或者妨礙他人業務的方式嗎？那姊姊的眼光真是短淺。為了達到自己的目的，不惜傷害第三者——」

「大哥。」

陽介把手搭在月也的左肩，示意「別說了」。月也咂了嘴，然後躲到沙發上。像涅槃佛像一樣，用右手撐著頭側躺。

『咦？還有另外一個人嗎？』

「我們是兄弟一起經營，不過我只是助手。我明白主唱少女想要表達的意思，您只是氣姊姊不支持自己的夢想而已。因此才會想要把她當成兇手吧？」

『可是啊，看到紙條那天，姊姊自己一個人先出去了。完全沒有不在場證明。這不奇怪嗎？』

「妳不相信姊姊嗎？妳希望姊姊是犯人？」

『這個嘛……』

「先相信姊姊怎麼樣？我想妳和姊姊，在這種狀況下，應該情緒都不穩定。如果想抱怨的話，只要花五百日圓，我們就會聽妳說。」

當陽介輕輕笑起來時，手機那邊也傳來了微弱的笑聲。

『說的也是。姊姊和現場的阿姨也相處得很好……不過，這不就是偵探的工作嗎？』

「如果能讓妳的心情輕鬆一點，應該就足夠了。妳有什麼不滿嗎？」

『沒有！』

再見，主唱少女爽快地結束即時通訊。陽介確認通訊用量後，再將充電器插上。由於月也已經變成一尊涅槃佛祖，所以無法坐在沙發扶手上，陽介只能盤腿坐在地上，然後靠著沙發。

「感覺反應不太好呢。哥覺得不滿意嗎？」

「沒有，只是……」

月也長長的睫毛在眼睛投下陰影，把視線從陽介身上移開。看到顯示充電的燈亮起，嘆了一口氣。

「你為什麼阻止我？」

「當然要阻止你吧？」

陽介解開盤腿，沒有繼續回答。立起左膝，然後用膝蓋撐著臉頰。

如果不在那裡停下來，月也可能會動搖主唱少女的心。徹底往負面方向。不是摘除剛萌芽的憎恨和不安，而是把這些情緒養大。

就像之前那樣，說出多餘的話，讓栖原新生強烈的罪惡感——

（所以我才討厭即時通訊。）

雖然這件事沒有告訴本人。對陽介來說，月也的性格比流量更令人困擾。對於「桂家」的怨恨讓他扭曲到否定全人類。比起救援，月也對讓人墮落更加敏感，認為大家最好都一起壞掉。

撇除這一點，他的思考方式很適合當「偵探」。因此，陽介才會選擇有緩衝的郵件互動。

（下一個委託一定要用信件聯絡。）

陽介在心中這樣宣示之後……

【暱稱　主唱少女】

我是主唱少女的姊姊。我趁妹妹洗澡的時候偷偷借用手機。如果可以的話，現在能聊一下嗎？

「……大哥……」

陽介深深嘆了一口氣，把手機交給月也。反正對方看不見自己的身影，月也索性繼續躺著與主唱少女的姊姊通話。

「妳是威脅或妨礙業務的犯人嗎？」

「才不是！」

和主唱少女的聲音相似，但比較像沉穩女高音的姊姊斷然否定。

『我不是兇手，兇手是我妹。貼這張紙條的人，是我妹。我妹才是兇手。』

「……」

到底是怎麼回事？陽介歪著頭看月也。懶散地看著手機的月也說：

「啊，是這樣嗎？」

他看起來一副無聊至極的樣子。看來在他心中，彼此指責對方是犯人的姊妹之謎已經輕輕鬆鬆地解開了。

「話說回來，姊姊妳又是為什麼能斷言妹妹是兇手呢？能這樣斷定，肯定是握有確鑿的證據吧。」

『這個……但是，我妹想要離開樂團。這應該就是她表達自己意見的方式。再說，誘人貼紙條那天，只有她一個人去做別的事情。』

這和少女主唱，斷定『姊姊』是犯人的原因相同。這種奇妙的情形吸引了陽介。也許其中一方在撒謊，並把自己的行為推到對方身上。

「喔，妳的根據也就只有這樣……話說回來，姊姊妳會跟我們聯絡，當然是因為偷聽到主唱少女和我們對話吧？」

『……』

「不過，妳只聽到一半，所以只能像這樣偷偷跟我們聯絡。對吧？」

『是的。』

「抱歉，剛才沒有像您想像的那樣結束。我中途就被助手趕走，後續是由助手應對的。」

月也瞥了陽介一眼。帶著調侃的表情。一副輕蔑的樣子。陽介癟了癟嘴。

「也就是說，關於貼紙條這件事，根本沒有任何邏輯上的推論。不對，應該是說無法邏輯推論才對。妳和主唱少女都只說對自己有利又毫無根據的話。光是這樣無法推理。換句話說，我們無法斷言妹妹不是犯人。」

『是這樣嗎……』

「除了對樂團不滿或者不在場證明之外，還有什麼線索嗎？任何瑣碎的事情都可以。有沒有什麼讓妳感到不對勁或者是行為有些不尋常，可以提供更多資訊嗎？」

主唱少女的姊姊似乎陷入沉思。手機的另一頭變得很安靜。明明就無法馬上想到什麼，卻把妹妹當成犯人，正當陽介心中感到不快的時候——

『接下來有一段時間見不到面了。』

姊姊突然脫口這樣說。

『我們使用的LIVE HOUSE只有星期六晚上開放。以前曾經夢想出道的中年夫婦，把那裡當作副業經營……在貼紙條事件之前的星期六，妹妹曾經這樣對老闆說。』

「接下來有一段時間見不到面嗎？」

『對。這句話意味深長，對吧？』

「……原來如此。可以給我一點時間嗎？我整理好資訊之後，再告訴妳貼紙條的真正用意。」

『啊，可是，我妹到時候就回來了……』

「那更好。解謎的時候，我希望三人都在場。」

月也強行讓委託人答應，然後結束通話。解開涅槃的姿勢，然後在沙發上盤腿坐下，開始玩陽介的手機。

「欸，陽介你懂嗎？為了別人犯罪的心理。」

「這個嘛。如果有需要守護的東西……話雖如此，那也只是自我滿足而已，犯罪終究不是為了別人，而是為了自己，不是嗎？」

「這樣啊……」

「月也哥認為這次的事件就是這樣。既然都在意動機，那就表示同時擁有姊姊和妹妹身分的次女才是真正的犯人。」

當陽介聽到月也說「三人都在場」這句話時，他就明白了。主唱少女和姊姊都沒有說謊。如果是三姊妹的話。姊姊、妹妹的稱呼，並沒有任何矛盾。

換句話說，長女和三女對次女心生懷疑——

「不過，長女和三女其實都想相信次女，所以才來找理科偵探商量。」

「果然眼鏡不會一直都起霧嘛。」

月也呵呵笑著，停下玩手機的動作。直勾勾盯著陽介的眼神顯得非常開心。然而，與此同時，陽介感覺到他眼中的黑暗更加深沉。

「如果懷疑次女的話，就不會諮詢這種問題了。而且，主唱少女聽到陽介說的話，也不會覺得滿意。聽到不用懷疑姊姊，她就覺得心情變輕鬆了。然後長女對主唱少女突然心情變好感到疑惑。」

「就是這個。為什麼長女不直接去問三女，還擅自用手機，冒著風險跟我們聯絡？」

「啊——看樣子你眼鏡還是有一半起霧啊。」

月也一臉嘲弄地把手伸向桌子。白色馬克杯裡裝著幾乎被遺忘、徹底冷掉的紅茶，月也拿起杯子，回到沙發靠背的位置。

「長女在三女向我們諮詢的時候偷聽了一段時間。但是，不知道發生什麼干擾，沒有聽到全部的對話。不過從三女的態度來看，她推測次女是犯人的假設被推翻……那問題來了，長女為什麼不跟三女討論呢？」

「這就是我想問的啊——」

月也伸出食指，讓陽介安靜下來。他自己也保持沉默，解開陽介放在沙發上的手機的圖形鎖。然後，笑得爽朗到令人討厭。

「啊……這個問題實在是太單純了。長女為什麼能解開三女的安全鎖呢？嗯，現在的問題應該是，為什麼不直接問三女有關次女其實並非犯人的事情。」

「對。這樣就等於承認剛才偷聽。這樣姊妹之間就會衍生出其他問題。所以長女才會趁三女不在的時候偷偷問。」

「怎麼說呢，感覺姊妹的關係不太健康啊。」

陽介皺著眉頭拿起黑色馬克杯。雖然想重新泡一杯紅茶，但還是維持現狀。就算是廉價的茶包，還是覺得太浪費了。

喝到的紅茶變涼了，而且多出了一些苦味。不過，這讓陽介有所發現。

「……大哥，最後的解答還是發信件吧。」

「這樣我就失信於人了。」

「相反。正因為你幾乎可以確信，所以才要用信件回覆。畢竟，你不就是為了這個才要三人一起嗎？」

月也就像他的名字一樣，露出新月般的淺笑。左右不對稱的笑容。

光是這樣，對陽介來說已經足夠。

月也原本打算全盤托出。長女和三女懷疑次女。次女也的確是犯人。關於這件事，長女偷聽了三女的對話，甚至還操作了有關個人隱私的手機。他打算傳達這一切。

為了破壞三姊妹之間的關係……

如果不是這樣的話，為什麼需要三個人一起呢？明明有關次女的真相，只要告訴主唱少女或姊姊即可。

（之前的委託其實也很危險……）

枯萎的牽牛花案件中，他認為如果是為了保護個人資訊，說謊也無所謂。新婚夫婦的案件，誘導妻子發現丈夫外遇，還給出一些動搖丈夫的建議。不，針對那個案件，陽介一點也不同情，但這並沒有改變月也刻意誘導的事實。

讓對方有種自己發現的感覺，看上去是為對方著想也一樣。這也可以說是試圖只用語言能動搖對方到什麼地步。如果只透過郵件的文字，就能在不被發現意圖的狀況下操控人心……那就有可能從遠處誘發某些事件。

一有機會，月也就會露出獠牙，試圖投入毒素。

因為他討厭人類。

如果是這樣的話，「理科偵探」可能不是救贖，而是完全犯罪的預備實驗。

「我不會讓你得逞的。」

「為什麼你會注意到這種事情呢？名偵探。」

「我不是偵探。現在只是『弟弟』，所以才會注意到。我絕對不會讓你開口說話，請用郵件回覆！」

「用郵件也無所謂，但是提供最重要線索的長女怎麼辦？如果沒有提到她，就無法解釋次女的動機啊。」

「我會想辦法捏造事實。你告訴我次女是出於什麼目的，為什麼變成自肅警察就好。」

一口氣喝完紅茶，月也站了起來。將馬克杯放在桌子上，然後嘴裡含著電子菸走到陽台。不抽菸的陽介，拿著杯子緊跟在他的背後。

黑暗——話雖如此，首都圈的夜晚還是比那個城鎮明亮。吹動陽介髮絲的風，帶著沉重的濕氣。雖然沒有下雨，但天空中也沒有星星的蹤影，充滿梅雨特有的潮濕氣味。

令人討厭的季節。

衣服不但乾不了，還容易發霉，月也很容易在這種時節墮落。就像被蟲的夢吸進去一樣……

「長女聽到次女和老闆的奇妙對話。有段時間會見不到面。如果按照字面解釋，就是他們知道彼此會見不到面。」

烏雲密布的天空，升起細長的白煙。陽介像在追逐煙霧的蹤跡一樣，仰起下巴。

「但是，一週後，LIVE HOUSE正常營業。確切來說並沒有停業通知，而是發生了貼紙條的事件。而那天，只有次女單獨行動。足以引起長女和三女懷疑。你覺得這兩件事情連在一起會怎樣呢？」

「次女和老闆合謀貼紙條的事件，對嗎？」

「漂亮。」

月也看起來沒有多興奮，仍然把背靠在陽台的欄杆上。從與陽介不同的角度，仰望著同樣陰沉的夜空。

「話說回來，如果真的是自肅警察找麻煩，媒體應該會報導才對。但是，看樣子並沒有大肆報導。就這一點來看，可以推測這件事情並不是被害案件。」

「但是，這兩個人到底為什麼要做這種事呢……」

「也許你比我更了解。因為陽介有我不具備的溫柔。」

他口中吐出的短短嘆息，讓陽介的心重重下沉。無法說出「我不是溫柔的人」這樣的話，陽介也只能朝著沒有星星的天空嘆息。

月也問過為了他人犯罪的心理。

現在，他的答案是「溫柔」。

（老闆和次女是為了誰而溫柔地犯罪呢……）

與兩人都關係深厚的是LIVE HOUSE的老闆娘，也是老闆的妻子。以前曾經以出道為目標的她，在這種狀況下更不想停業。

這是追夢年輕人的避風港。為了守護他們的未來。然而，那非常危險。LIVE HOUSE可能成為新冠病毒的傳染源。只要被認定群聚感染，以後會更加無法經營。或者，會有真的自肅警察來找麻煩。

為了徹底保護這家店。

為了讓大家覺得LIVE HOUSE沒有錯，他們也是受害者。次女和老闆合謀，捏造自肅警察的事件。

「的確是因為溫柔而犯下的罪呢。」

「嗯，但同時也產生毒素。對次女來說，這是辭退樂團活動的契機。為了達到這個目的，才讓活動據點失去功能。或許老闆只是被次女牽著鼻子走而已呢。」

突然吐出一口煙的月也，帶著今天最燦爛的微笑，就像在讚美次女似地。這讓陽介非常生氣，他把馬克杯放在鐵桌上，然後用右拳揍了月也的側腹。電子菸從嘴裡掉出來，月也按住側腹。

「不，等等，什麼意思……」

「我今天說過，想揍學長吧。」

「啊，你真的……不過，陽介還是比較適合當學弟。」

一臉痛苦但仍笑著的月也，說出這句話的時候陽介恍然大悟。剛才自己的確用「學長」稱呼。果然，這樣更自然。

「……我可以再揍一拳嗎？」

「當然不可以！而且你不是說不想受傷，也不想傷害別人嗎？暴力相向根本就和這種說法互相矛盾啊。」

「沒錯，我就是這麼扭曲。那月也學長也一樣矛盾就好了啊。」

想殺卻又放過。

想摧毀又要守護。

「我是——」

「學長是很溫柔的人。」

陽介微笑著，彎腰撿起掉落的電子菸。然後含在嘴裡，留下月也離開了陽台。

獨佔沙發，然後隨意打開電視。

電視播放著高中時代兩個人一起聽過的，令人懷念的旋律。

＊壓扁的柳橙〔squeezed orange〕無用之人

第8話　擁有白羽毛的朋友

清理完可燃垃圾之後，陽介沿著生鏽的外樓梯走回房間，從牛仔褲口袋中掏出手機。打開看到新聞後便立刻下載政府推出的確認感染者接觸應用程式，

〔自2020年6月1日，已使用0天〕

點開首頁的使用時間下方的按鈕，確認與陽性患者有無接觸。顯示為「未與陽性患者接觸」。雖然路上的行人已經回流，好像遠端工作根本就被遺忘一樣，但只是倒垃圾幾分鐘的時間，接觸到陽性患者的可能性應該很低。

而且，這個應用程式今天才剛剛發布。還不知道有多少人下載並正確輸入資訊。

（那裡也有感染者嗎？）

疫情似乎也蔓延到那個城鎮附近。推波助瀾似地，之前禁止跨縣移動，現在終於解禁了。要是就這樣讓病毒消滅人類……在這樣的空想中，陽介笑了笑，然後打了個哈欠。

病死的話就沒辦法了，不能說是誰的錯。若是因為這樣斷了桂家的血脈，月也的手便不會被弄髒。

（「理科偵探」失敗了嗎？）

陽介茫然地想了一會兒之後，在抓住門把的那一刻停了下來。

銀色的圓形門把，只安裝了容易被撬開的鎖。實際上，鑰匙不見的時候，月也曾經用長尾夾打開過。看著那時造成的痕跡，陽介嘆了口氣。

理科偵探本來是站在犯罪者的另一端才對。

為了不被察覺，對月也表現得像是在打發時間。

但陽介內心期望，能把月也留在「偵探」這一邊。

不，應該是「曾經期望」才對。

以月也的思考模式，即使是當理科偵探，本質仍然是犯罪者。

「……」

打開門進入屋內。在安靜的室內，只能微微聽到敲打鍵盤的聲音。

那聲音讓陽介想起，身為廣大農家的統治者，白皙的雙手卻不曾沾過土。想要守護那雙尚未染血的手，保持那雙手的潔白。會自然而然地這麼想，表示陽介已經把月也視為未來的犯罪者。

所以，才想讓他當偵探。然而，月也把委託案件都當成「預備實驗」。當作某天殺死全家的完美犯罪計畫的一部分。

（應該要停止嗎？）

一邊洗早餐用的盤子和杯子，一邊嘆氣。不過，陽介決定繼續理科偵探的工作。無論是預備實驗還是什麼，只要一直花時間在那裡，桂家殺人事件的劇本就寫不下去。

不，更坦率地說，

是陽介自己不想放棄。

如果沒有理科偵探，就不知道該怎麼繼續對話。整天都待在同一個屋簷下也不會尷尬，就是因為委託信提供了話題。而且……

（就是單純地喜歡這個工作。）

還可以了解月也的思考模式。面對月也發言的危險性，有時候同調，有時候要當阻止的人。這一切都讓陽介覺得很開心。

對於最後還是顧慮自己，陽介露出苦笑，然後開始準備即溶咖啡。微弱的打字聲聽起來很流暢。應該是因為在寫他喜歡的領域的報告，才會那麼順利吧。

（宇宙啊。）

這個領域在那個城鎮無用，對完全犯罪計畫應該也沒有幫助吧。那為什麼月也還是想要了解宇宙呢？

為了大腦運轉的他，準備甜膩咖啡的陽介，最後只是默默把馬克杯放在鍵盤旁。就在陽介準備離開的時候。

「我要抽根菸休息，你也一起吧。」

「我特地泡了咖啡耶。」

「你泡的溫度都太燙啊。」

月也抱怨著站了起來。發出類似哀號的聲音，打開了窗戶。雖然烏雲籠罩，但雨還不大。鐵椅沒有很濕，只需要用手擦就夠了。

當月也用他那雙長腿蹺腳坐下時，開始抽起電子菸。偶爾飄進來的雨，打散了煙霧，所以今天菸味沒有很重。多虧這一點，雖然只是便宜的即溶咖啡，但可以不受干擾地好好享受。

「學長為什麼會想學習宇宙相關的知識啊？」

「因為最有魄力啊。」

月也抬頭仰望天空。彷彿思緒飛到雨的另一頭。

「那個城鎮的星星很美啊……我晚上總是一個人，一直盯著天空看。可能是因為這樣吧。」

「不是因為名字嗎？」

「啊，你說『月』啊。可能有關係吧。因為月亮很美，所以喜代才幫我取這個名字。」

月也罕見地露出柔和的笑容。陽介眨了眨眼睛，呼嚕嚕地喝了一口同款的甜咖啡。然後帶著微笑。

「真是個好名字呢。」

「陽介你……」

「沒關係。我的名字也不是父母取的，而是請神社命名。不過，這個名字沒有特別好。我妹的名字倒是大吉。」

「三野邊神社嗎？那裡是喜代的老家耶。」

「對呀。聽說喜代奶奶是一位傑出的巫女。她很重視命名，甚至在我取名的時候特地交代神社，說是文字本身比筆畫重要。結果我們是『月亮與太陽』，真有趣呢。」

「……」

月也皺起眉頭，閉口不語。

這表示他自有想法。陽介在心裡嘀咕著，希望月也能和自己有一樣的想法。雖然之前扮家人的遊戲失敗了。

（光看名字的話，感覺像是兄弟。）

感覺有點像家人。陽介推高眼鏡，想要隱藏這份喜悅。此時牛仔褲的後口袋開始震動。把馬克杯放在桌子上，陽介拿出手機。一如預料，是委託信。

不過，這太奇怪了。

【暱稱　無名氏】

如果要假冒偵探的話，你能猜出「我」是誰嗎？

請在今天下午三點半之前，隨意向我提問吧。我保證會誠實回答。如果你猜中我的身分，我就認同你完成了委託。

如果你贏，我就付最低諮詢費的五百日圓。如果你輸，我就支付你開出的金額。

「……畢竟是在網路上公開，有時候還是會遇到怪人。要不要回絕？」

「不用。聽起來很有趣嘛。」

他的反應如同陽介的預料。月也平時深沉的雙眼，出現高溫火焰般冷冽的色彩。陽介腦海中浮現「暗黑物質」這種宇宙術語。

「故意輸就可以讓那傢伙付我們喊的價錢，真是個冤大頭耶。」

「……我不知道你想像的金額是多少。但是根據網站規定，最高限額為五十萬日圓。最高金額固定就是五十萬日圓。」

月也輕輕皺起眉頭，不滿地關掉電子菸。他把手撐在蹺二郎腿的膝蓋上，喃喃地說：「五十萬也很不錯了啊。」

再這樣下去，月也可能真的會選擇「故意輸掉」。從利益考量，那的確是正確的選擇。陽介總覺得有些不安，癟了癟嘴。

「不過……輸的一方會得到高額獎金對吧？一般來說，猜到謎底獲勝的人才能拿到獎金不是嗎？」

「那就表示，他的身分很好猜。」

「怎麼可能。」

這是在網路世界中發生的事情。雖然無名氏說絕對不會說謊，但這句話本身可能就是謊言。性別和年齡都不清楚。就算對方說出本名，還談到人生經歷，我們也無法證明在電波另一端的「那個人」就是他本人。

無論得到什麼資訊都一樣。沒有得到資訊也一樣。只要沒有物理上的接觸，無名氏就是永遠的「無名氏」。

換句話說，這時候就可以算是猜中了「無名氏」的身分。

然而，那絕對不是無名氏「本人」。

在腦中展開這種無厘頭邏輯的陽介恍然大悟。看樣子月也也有相同的看法。睜開眼睛望向陽介。

「這樣只會平手！」

兩人一起發聲，並用食指指向對方。

不能贏也不能輸。按照「技能∞結緣」的報酬規章，只能拿到委託費五百日圓。

「這個人，想法挺高雅的啊。」

「怎麼辦？如果嫌麻煩，要不要拒絕？」

月也冷冷地笑著搖搖頭。應該是在他心裡燃起火苗了吧。對於計畫完全犯罪的他來說，智慧的較量是一個很好的預備實驗。

「我們就恭敬接受委託吧。」

聽到這樣做作的說話方式，陽介只是聳聳肩。帶著放棄的心情把手機交給月也。

「希望對方能把學長打得落花流水。」

「你不是站在我這邊的嗎？」

「站半邊而已。但最後應該還是會背叛吧。」

「……」

月也苦著臉，開始在手機上滑動手指。他發出的第一個問題非常簡單。

【你是誰？】

【這表示你選擇贏對吧？】

【不對。我不能贏，也不能輸。既然如此，在意您說的金額也沒用。只能透過交流，讓您滿意，重新考慮報酬。既然您保證不說謊，我想再問一次。你是誰？】

【這是秘密。】

沒有說謊，無名氏就這樣回擊。這樣也行啊？陽介睜大眼睛。對月也來說，這似乎是預料之中的回答。陽介無聊地站了起來。

收拾電腦桌上甜美的咖啡，走向沙發。如果要久坐的話，鐵椅不太舒適。然而，月也一旦躺下，陽介就無處可去。

無奈之下，陽介只好坐在地板上。配合沙發的角度向後彎，偷看月也手上的手機。

【時間限制到下午三點半，原因是什麼？】

【因為四點有約了，這算是在赴約前消磨時間嘍。】

【是要赴什麼約呢？】

【這是秘密。】

【……你是人類嗎？】

【真是有趣的問題。我確實是人類。】

【抱歉。我突然想起了圖靈測試……】

【圖靈測試？】

【您不知道嗎？是一種對機器人的測試。】

【如果是機器人就好了。】

突然，月也停下了正在輸入文字的手指。將仰躺的身體翻成橫躺。陽介差點被手機打到。

「學長，這樣我看不到。」

「啊，抱歉。」

他一直盯著手機，完全感受不到任何道歉的意思。陽介只好無奈地找到能看見畫面的位置，然後繞到椅背後面。

「這傢伙對圖靈測試沒有興趣。」

「我是覺得無所謂。」

「你……欸，陽介。『如果是機器人就好了』你覺得這句話是什麼意思？」

這個嘛……陽介喝了一口一直拿在手上的咖啡。不知道是不是一直放在梅雨季節的天空底下，咖啡已經完全冷掉了。甜味非常強烈。

「按照文章的脈絡來看，就是機器人比人類好吧。會跑來這種地方委託案件，不算是什麼健全的人啊。」

「那四點有約這件事你怎麼看？」

「你是說保密的原因嗎？當然，這個約應該會暴露無名氏的身分……不過，只知道約見面的理由就能判斷出是誰嗎？」

「如果職業特殊，或者是說，和一般人無關的事，就能縮小範圍。譬如說被傳喚、出庭、電視節目錄製。」

「但是，那就不是『打發時間』了啊。」

如果只是被傳喚，可能還有空閒可以打發時間，但若在拘留所裡，根本就無法像這樣交流。能夠立刻回覆月也郵件的無名氏，真的是非常「無聊」。就像月也和陽介一樣。

「……會不會和我們一樣是學生，四點開始要打工？」

「打工的話，沒有必要保密吧。」

「特殊的打工性質？」

「太可疑了，到底是什麼工作？」

「不知道耶……」

陽介含糊地歪了歪頭。被說可疑，反而更想不到有什麼類型的工作了。月也像是察覺到陽介的心思，哈哈大笑了起來。

「也就是說，無名氏覺得自己如果是機器人就好了，然後今天下午四點有特殊的行程。」

帶著魔鬼的笑容總結現況，月也再次開始操縱文字。

【如果是機器人的話，就會受到『機器人三原則』束縛耶。】

【機器人三原則？】

【作家艾西莫夫。你對科幻小說沒有興趣嗎？】

【我不喜歡故事。】

【為什麼？】

【不管好壞都是安排好的。在作者這尊大神的決定下安排生死，實在太無聊。我也不喜歡那些讀了故事會流淚的讀者。】

【我有同感。現實更殘酷啊。】

「月也學長，剛剛這句夾帶著私人情緒吧？」

陽介椅背後靠過來，偷偷瞄了一眼郵件內容，接著忍不住插嘴。月也隔著黑色襯衫輕撫左側腹當作回答。

被戶籍上沒有血緣的母親刺傷的傷痕。同時也是父親沒有站在自己這一邊的證據。只是為了維持「桂」家血脈而被束縛的他，在什麼樣的故事裡才會有幸福結局呢？

「……話說回來，學長的親生母親到底怎麼樣了？」

「不知道。喜代就是不肯告訴我。就像這個無名氏的『秘密』一樣。」

「所以不是不知道，對吧。」

也就是說，喜代知道月也的親生母親是誰。不過，和桂家的入贅女婿關係匪淺，甚至生下孩子，一定遇到不少麻煩。

「你會想見到生母嗎？」

「為什麼想見？沒有任何蹤跡，我根本不知道母親這種虛幻的存在。就算見到面，也只是陌生人。」

「說的也是……」

但是……陽介沉思。

生下孩子的人會忘記嗎？即使是一個錯誤的選擇，也是和深愛的男人生下的孩子。

【你說得沒錯。現實是無情的。】

這位無名氏的話，讓陽介覺得刺眼。無情。可能吧。生母二十一年來沒有見過月也。就算說是害怕「桂」的家族勢力，但也表示對孩子的愛不過如此。

（真的很殘酷。）

月也沒有「母親」。

【無名氏，不知道您罹患什麼病？】

陽介正在思考月也的「家人」，而月也提出的問題完全出乎意料。幾乎是下意識發出驚訝的聲音。

「生病是什麼意思？」

「喔，雖然有一半是在胡扯，但這傢伙討厭故事的原因，算是相當獨特吧？他選擇這樣的措辭，尤其是用了『生死』兩個字，就表示他很在意。這樣也能說明他想變成機器人的原因。」

「所以才問生病的事……」

【看來是名符其實的偵探呢。】

過了一會兒，無名氏回答了。手機上顯示的文字本應該不會有溫度，但陽介卻感覺到那些文字彷彿極度冰冷的低語。

【我很感激你的讚美……但我又不是醫生，為什麼要向我諮詢呢？】

【你開始不用敬語了呢。】

無名氏的回答並不是答案。但也沒有說謊。是刻意不回答，還是單純對月也改變人稱感興趣呢？在陷入思考的陽介面前，月也淡定地說——

【可能本大爺本來就不是會說敬語的人。】

他呵呵笑了起來。對此，無名氏的回答仍然冰冷。

【總之是男性呢。】

【哎呀，現在似乎立場完全相反了呢。我確實是男性。如果是異性的話，會有什麼不方便的地方嗎？】

「異性？」

「吹牛。」

「啊——」

在先前的來往中，無名氏沒有透露性別。然而，根據這個問題的回答，就可以確定無名氏的性別了。

無論回答對或不對，都是女性。如果指出異性這個措辭本身有誤，當然就是男性。既然保密，就表示背後應該有什麼緣由。

【不，我不在意性別。】

無名氏的回答比月也高竿。陽介忍不住笑了出來。月也輕輕嘟起嘴角，撐起上半身。喝了一口甜膩的咖啡振奮精神。

「……陽介啊。你覺得該怎麼回答呢？」

「我怎麼知道？我又不是偵探。我是助手兼候補背叛者，只能依靠月也學長的腦細胞了。」

「……」

盯著手機上的文字許久，月也苦澀地喝著咖啡。抓亂黑色的捲髮後，開始一連串的對話。

【無論是誰都可以對吧？】

【沒錯。雖然這樣說不好聽。】

【隨便找個人打發時間……現在一個人嗎？】

【不，我媽也在……】

【跟陌生人聊天會更好嗎？】

陽介忍不住想深入解讀月也送出這句話的含義。和母親比起來，陌生人還比較好。希望家人是陌生人……

【沒錯。完全不認識我的陌生人更好。】

【但是，我和你已經不算是陌生人了。】

發出這封隱含某種熱情的訊息後，月也輕輕地將手機放在扶手上。就好像知道無名氏不會立刻回覆一樣。

斜眼看著畫面變暗，陽介坐到月也身邊。

「你解開謎題了嗎？」

「嗯，但幾乎是空想就是了。」

「可以告訴眼鏡起霧的助手嗎？」

「……如果中午可以吃到雞肉飯的話。」

「我知道了。自製兒童餐對吧？」

「……」

「這樣啊，讓邪惡的學長沮喪到想要退化成幼兒……無名氏應該也活不久了。」

月也什麼也沒說，只是將嘴唇放在白色馬克杯的邊緣。對陽介來說，這就是答案了。

即使是像桂月也這樣煽動人們不安、種下懷疑的種子、助長罪惡感的人，面對死亡的陰影時，也會保持沉默。或許是因為，他的目標就是「死」吧。

所以……對於接近目標的人，他也會變得溫柔。

「生病也挺好的。」

月也對著杯中甜甜的咖啡，開始叨唸。

「對生死兩個字有執著，而且比起當人類，更想要變成機器人。自然可以想像身體應該不怎麼樣。」

「是啊。」

「問題是，這樣狀態的人，竟然還跟陌生人聊天。就在今天這個時間點。」

「今天下午四點的約嗎？」

「漂亮。」

點著頭的月也，聲音有點嘶啞，讓人聽不太清楚。被下垂睫毛蓋住的眼睛，比往常更加陰暗。然而，看起來好像又有一點羨慕的樣子。

「假設是去看檢查結果。醫院約診，如果是輕症就沒什麼好隱瞞，如果是重病的話……就算是特殊的狀況了吧。」

「所以無名氏才會不由自主地回答『秘密』。」

「對。然後，在等結果的『時候』，為了打發時間才找能聊天的對象。找一個不知道自己病情、能輕鬆交流的對象。我們可能是運氣不好，或者說是幸運地被選中了。」

「但是，為什麼會寫這樣的委託信呢？」

陽介也像月也一樣，對著黑色馬克杯的中間發問。為什麼想要偵探找出「我」的真實身分呢？明明是要找不認識自己的人，為何又要讓對方了解自己呢？

「不是有句話說，人會死兩次嗎？」

「……」

「當肉體死去的時候。還有——」

「被人遺忘的時候。」

順著月也的話往下接，陽介緊閉雙眼。覺得那杯咖啡的甜味令人感到厭煩。

無名氏在自己的未來被宣告之前，想和某個人有所交流。即便多一個人也好，也要讓對方記住「我」。如果被這樣的人選擇，或許真的多少算是「幸運」的吧。

（接觸到月也學長的無名氏，算是幸運嗎？）

無名氏遇到的是具有察覺能力的「偵探」。能解讀出偽裝成消磨時間遊戲的背後，隱藏的真正願望。

「……啊。」

陽介想起了最初的委託信，找到一個疑點。為了確認是否正確，伸手到月也另一邊拿手機。接過月也遞過來的手機，回溯帳號的互動。

「學長，我們一開始就錯了。」

「嗯？」

「你看，再仔細重新讀一次委託信。」

【暱稱　無名氏】

如果要假冒偵探的話，你能猜出「我」是誰嗎？

請在今天下午三點半之前，隨意向我提問吧。我保證會誠實回答。如果你猜中我的身分，我就認同你完成了委託。

如果你贏，我就付最低諮詢費的五百日圓。

如果你輸，我就支付你開出的金額。

「我們把完成任務解讀為勝利。」

「不會吧……」

「不過我也是空想而已。」

喝完輸給砂糖的咖啡後，陽介不再說話了。月也只是一點一點喝著冷掉的咖啡。

為何贏的時候獎金較少，輸的時候獎金較高呢？

在生與死之間徘徊的人，應該不會有什麼好收入。如果是這樣的話，那麼該從哪裡支付報酬呢？如果能因為身體得到那筆錢的話……委託人贏了什麼又輸了什麼呢……

「希望這個案件會是五百日圓的工作。」

「不好說。如果委託人能感到輕鬆，我要求高額報酬也很有意義啊。」

就是這樣才會讓人想背叛啊。陽介大大嘆了一口氣。

一直保持沉默的無名氏回覆了郵件，時間是下午三點二十五分。當時月也又在抽菸休息。

【報酬要多少？】

【74萬7592日圓】

彷彿他早就預料到似地，月也立刻回答了。這是違反網站條款，明顯不合理的金額。

對此，無名氏的回覆非常簡短。

【xoxo】

「……XO醬，不是這個意思吧？」

「廢話。你的眼鏡到底是多霧？」

把電子菸放在唇邊，月也哈哈大笑了起來。

陽介很快表示投降，用襯衫的下襬擦拭眼鏡。透過眼鏡往烏雲密布的天空看去，確認汙垢消失後，伸手去拿擺在鐵桌上裝著焙茶的馬克杯。越來越興奮的月也，在桌子那邊再度蹺起長長的腿，朝灰色的天空吐了口煙。

「你真的從以前就不擅長英語呢。」

「吵死了。」

「那是國外的網路用語。意思就是『擁抱&親吻』。X代表親吻，0代表擁抱。在日本的話，大概可以理解為信件結尾的某某敬上等用語。總之就是表示親吻和擁抱的愛意。」

「愛意……太好了。」

「是啊。他看懂金額的意義真是太好了。」

這有意義嗎？陽介疑惑地歪了歪頭。金額超過五十萬，而且還指定到個位數，的確是很奇怪。

「有什麼意義？」

「秘密。」

「晚餐只有炒豆芽菜可以嗎？家裡可沒有XO醬之類的豪華調味料，只有伍斯特醬和胡椒鹽。」

「太卑鄙了吧？我們房租的比例不一樣耶。」

「那是對家務勞動的報酬吧？不要忘記菜單是我在開。既然如此，就每天吃炒飯。」

「……」

月也把自己自然捲的黑髮抓亂後，吸了電子菸，深深嘆了一口氣。

「數字『11』對應五十音平假名的『あ』。陽介聽到這裡就懂了吧。」

「……嗯。」

換句話說，十位數代表五十音表中的行，個位數代表段。根據這個邏輯，「74」是「め」。「75」是「も」。「92」是「り」。

「加起來的發音就是『回憶』的意思。」

「……」

「月也學長這次很優雅呢。平常你可是嘴上說著人類就該滅亡的人。」

「……偶爾一次沒關係吧。」

「是啊。這位無名氏，總覺得和學長有點像呢。」

月也像往常那樣沉默。為了遮掩肯定的情緒。為了保護自己。對著他的側臉，陽介調侃地笑了起來。

「如果真的見面了，或許可以成為朋友呢。」

「……才不要。」

月也低聲說，然後將拿著電子菸的手換到左手。從桌子上拿起了馬克杯。在抽菸的時候，喝著冷掉的焙茶，凝視著搖曳的藍色繡球花。

「開始下雨了。」

「對啊。」

這場雨肯定也下在無名氏上方。至少，讓他的眼睛能閃耀著晴朗的光芒吧——陽介如此祈禱。

＊白羽毛〔white feather〕膽怯

第9話　我們是金魚

被一股猛力拉扯頭髮，陽介跳了起來，瞪著那個「犯人」。天空開始漸白的微暗中，犯人無聲地站起來，準備離開陽介的被褥。

「等一下！你有話要說吧！」

「啊，生日快樂？」

「……」

從枕邊拿起眼鏡的陽介，頓時感到恐慌。月也停下腳步站在紙門旁，他說的話和現狀根本不一致。然而，今天的確是六月二十日，陽介的生日。生日。出生日期。與死亡相反……不知道是不是恐慌還未散去，想起昨天的無名氏，陽介的心情更加難以言喻。

「……二十歲嗎？」

「終於成人了。所以，長成出色大人的陽介同學，是不是該幫肚子餓的學長做點什麼？」

「少開玩笑了！」

陽介猛力抓住枕頭，丟向正要轉身離開的月也身後。準確命中。「哇！」月也叫了一聲，不知為何，他一直盯著緊握的右手。

「很危險耶……掉下去怎麼辦啊！」

「掉什麼？」

「……」

月也沒有回答，就消失在紙門的另一邊。陽介癟了癟嘴，觸碰到微微有些疼痛的頭部。肯定有幾根頭髮被拔掉了。不管有多餓，這樣也太粗暴了吧。

（現在才四點耶！）

看著鬧鐘還沒響之前的手機時鐘，陽介的臉越來越臭。哪有人生日一大早這樣過啊。反正也沒有義務起床，陽介再度躲進被窩裡。

枕頭不見了。這也是從早上就施暴的同居人害的。把自己丟枕頭的事情拋諸腦後，陽介站起身來。他用腳後跟把落在紙門附近的枕頭踢向後方，走向燈火通明的客廳。

和沙發一起佔領客廳的圓桌上，散落著活頁紙。不只如此。

英英辭典、英日辭典、印有銀河系照片的英文書，從高中時期就用到現在的人體工學粗軸藍色自動鉛筆、三支螢光筆、莫名散落的夾鏈袋——不知道幾點就起床，屋內到處都是資料，根本沒有地方可以放食物。

在滿是資料的桌面前，月也把沙發當成靠背坐在地上。他用右手操作著自己的手機，就算陽介雙手扠腰站在旁邊，他也沒抬起頭。

「學長。」

聽到帶著不滿和惱怒的低聲呼喊，月也伸出左手掌制止。看來他忙於寫郵件，似乎是要陽介閉嘴。即便如此，陽介也不願乖乖聽話。自己又不是聽話的狗。

「星期六一大早就發郵件，不是會讓對方困擾嗎？」

「只要對方沒有設定通知，就不會困擾了吧。等他發現再看就好。不過，『這位』習慣一起床就確認信件。雖然星期六這個時間讓人有點不安，但總比星期天好。」

「……是誰？」

「生命科學系的教授。」

月也擺了擺手，示意不要再說了。陽介眉頭皺得更深。可以的話，本來想要多抱怨一些，可是提到「教授」那就沒辦法了。根據桌子上散落的文件推測，應該是要討論報告的事情吧。帶著無法抹去的不滿，陽介繞過桌子。一邊走向廚房一邊說：「感謝您的生日祝賀，主人。早餐要為您準備什麼呢？」

「別開玩笑了。」

「你才不要開玩笑。我也不想這麼彆扭，但你不覺得太過分了嗎？」

「現在又沒有收入，沒辦法啊。現在的我也只能言語上恭喜你。」

「……」

「在那種狀況能馬上說出祝賀詞很厲害吧？」

「是喔？早餐到底要吃什麼？」

「……日式的。」

思考一段時間之後，得到不能當作答案的答案。

重新調整眼鏡的位置後，回想冰箱的內容物。

「能快速出菜的就是奶油蛋黃培根筆管麵。還有剩下一些特價的培根。也可以做成香辣茄醬或拿坡里口味。」

「日式的部分呢？」

「啊——那就用蘿蔔泥、鮪魚罐頭，做成和風義大利麵。」

「……」

以戲弄的眼神望向沉默的月也，陽介離開了客廳。進入廚房之後，第一件事就是洗米。加上晚上的份，總共洗兩杯。因為疫情的關係，在家吃飯的需求增加，義大利麵類的食材竟常缺貨，好運買到的大包裝筆管麵是午餐的菜單。對於完全不進廚房的月也來說，應該很難想像吧。

（燉雞肉和蘿蔔好了。）

早上用三分之二的蘿蔔，剩下的用在午餐的義大利麵上。這樣食材就幾乎都用完了，所以今天必須去採買。

（如果有低筋麵粉就買一些。放棄奶油，果乾也太貴了……）

一邊想著至少要幫自己烤一個磅蛋糕，一邊蓋上鋁箔蓋。轉成小火，接下來就只需要等入味。在這段時間，準備好味噌湯。

「什麼嘛，真的是日式料理耶。」

應該是被醬油的香氣吸引過來的吧。月也靠在冰箱上，交叉雙臂。為了試味道用小碟子喝湯的陽介，突然覺得奇怪。

好像有什麼跟平常不一樣——然後馬上就發現不對勁的地方了。月也手上拿著手機。明明平常都任由手機埋在沙發的隙縫裡。

「義大利麵是午餐。學長態度很差，我才故意捉弄你。」

「……抱歉，我今天中午應該不在。」
不知道是想問為什麼？還是想問去哪裡？心中出現很多疑問的陽介默不作聲，只是眨了眨眼。月也用一雙感覺嚴厲的眼睛，瞄了一眼手機。
「雖然還沒有收到回覆……不過我有東西要查，老師介紹研究所給我。那個老頭還算有點影響力，所以早上應該會出門。」
「研究所啊……」
話說回來，月也是理科大學的學生。所以才會取名「理科偵探」，陽介差一點都忘了，可能是因為在家裡完全沒有理科大學學生的感覺吧。當然不會在家裡拿著試管、穿白長袍。想像在家裡沒見過的白長袍裝扮，陽介不禁笑了出來。
「久違的研究，希望你能好好享受。」
「……」
月也不知道為什麼露出困惑的表情，用手撫摸著黑暗的手機表面。他歪著頭，一副不願意看到陽介的樣子。
「……你們家有用巴拉刈嗎？」
「巴拉刈？」

當陽介在添加少許味噌到湯裡時歪著頭，但並非因為他不知道那是什麼。正因為知道是什麼東西，從月也口中聽到，才顯得更加難以理解。

巴拉刈。除草劑的成分。

陽介老家的小屋裡，隨意放著這種藥劑。這不能說是正確的保管方法，不過每個家庭都缺乏危機管理的意識。

「我們家不是宣揚無農藥栽培的類型，而且種植面積也很大，所以我們會使用農藥，但……這種致死率高的農藥怎麼了嗎？」

「去年不是有上新聞嗎？秋田縣的自動販賣機，有人在取貨口放了加入巴拉刈的罐裝啤酒。雖然沒有後續報導，但我想應該很難追查產品的來源。」

「是啊。雖然是有毒物質，必須提供身分證明才能購買，但畢竟是除草劑，只要大一點的賣場就會有，相較之下算是能輕鬆購買的毒物。巴拉刈——」

「我沒有要做什麼啦。為了防止誤食，本身有添加藍色染料，而且有刺激性臭味。為了防止誤服，還混合了催吐成分，市售濃度低於5％。即便如此，只要喝三大匙就有可能致命，確實很吸引人。」

「學長……」

「無論如何，我都不可能遠端操控他們喝農藥吧？」

月也調侃陽介的表情好可怕，然後就回到客廳。關掉味噌湯的火之後，陽介嘆了一口氣。電鍋傳來煮好飯的聲音。

（……中午就隨便吃吧。）

如果月也不在，就不用煮筆管麵了。外出採買的時候，從花車裡面買一些打折的甜麵包吧。

另外，再買兩瓶月也應該會喜歡的甜口味罐裝氣泡酒。

既然滿二十歲了，就跟他一起品嚐第一次晚餐後的酒吧。

一如清晨的宣告，月也在九點半後便出門了。陽介獨自一人在家裡，慵懶地佔領了整個沙發。總覺得不想打開電視，便輕輕閉上眼睛。（很久沒有一個人了。）

上大學或工作的時候，大家各過各的。有理科實驗的時候，有時會忙到超過晚上十點，陽介有時也會輪班到深夜。

即便週末也是以賺錢為優先。

現在回想起來，能一起吃飯的時間只有早上。

（準備三餐很辛苦呢。）

學校放假就沒有營養午餐。電視裡都會提到世界上的母親們對三餐的擔憂，但在這種時候完全感受不到父親的存在。內容大都是主婦每天都在煩惱菜單和餐費；為了幫助主婦，餐飲店開始販售便宜便當。

這種新聞總覺得充滿「負能量」。畢竟問題的根源是疫情，引發不安也是無可奈何。

然而，陽介對這類新聞仍感到有些失望。

雖然能明白大家都不好過。但是，想著對方做菜，應該也是一件令人愉快的事情才對。「我開動了」、「我吃飽了」。不希望疫情影響到那些日常的笑容生活中。

（還會持續多久呢？）

這種連外出採買都有困難的狀態。如果不戴口罩，就會被冷眼看待。這種狀況會持續多久呢？隨時恐懼「自己也可能感染」的狀況。

不需要回老家的狀況——

受到打在陽台上的雨聲影響，陽介的眉頭緊皺。到底可以持續多久呢？越來越強的雨勢讓人感到不安。

原本的計畫是寬限到大學畢業為止。唯獨這四年，月也可以獲得自由，過著與「桂家」毫無關係的「生活」。

然而，在這種情況下……

比起那個城鎮，住在首都圈明顯面臨更高的感染風險。桂家——日下家會默默放過嗎？

緊急事態宣言已被解除。也已經開始跨縣移動。然而，學校仍然不開門。隨著遠距教學的推廣，逐漸開始失去在這裡讀書的理由。

如果現在被命令「回家」的話……

「出門採買吧。」

為了消除不安，陽介故意大聲說出來，然後離開沙發。在雨中外出雖然令人感到憂鬱，但在沒有人能說話的室內感覺更鬱悶。既然如此，還不如抱怨濕漉漉的腳，對著被掃貨一空的貨架懊惱更好。

（如果有低筋麵粉的話，就買一些奶油和綜合水果吧。）

為了九月的小旅行做準備的話，要買這些東西有點浪費就是了。但想要度過無聊的獨處時間，這些支出是必要的。就當作給自己的生日禮物，睜一隻眼閉一隻眼吧。

戴著配合報告新製作的手帕口罩外出。說到為了這份報告下的功夫，大概就是讓小孩也能輕鬆製作「盡量不縫紉」這一點。

真的就這樣而已。因為用比較厚實的布料，所以在濕度高的梅雨季，尤其下雨天，難免會覺得很難呼吸。

「……」

這是自己的還是月也的呢？雨水打在無法區分的塑膠傘上。剛開始走不久，雨勢就變得更強了，可能是因為陽介是個雨男吧。

靠近那家有牛奶罐標誌的便利商店前。視線看過去，那個人就在吸菸區。或許是錯覺，但總覺得有一瞬間視線交會。兩人同時都嚇得趕快避開視線。

（現在回去的話……）

楢原的存在，再次促使陽介繼續思考。

如果現在回到那個城鎮，月也會犯罪嗎？會為了斷絕桂家的「血脈」，就這樣死掉嗎？

「『完全犯罪』到底是什麼呢？」

抬頭看著擋住雨滴的塑膠傘。

只要找不到屍體，沒有被發現是刻意殺害，就是完全犯罪。然而在這個時代，只要一個人消失，馬上就會被當成案件調查。更何況目標是「桂家」。不只是警察，整個城鎮都將組織調查網。

那個城鎮雖然不像首都圈那麼大，但也不知道到底哪裡有安裝監視攝影機。整體而言，只要有手機，任何人都能隨時隨地拍照。

有可能在避開眾人環視的狀態下殺人嗎？

（在山上被熊襲擊嗎？或者不小心被割草機割斷頭嗎？）

割草機事故，實際上曾在山上發生。說起被高速旋轉的圓形金屬刃切斷了腿部的案例，好像就是住山上的叔叔。有人被農藥噴灑車壓在底下，也有種植果樹的農民，因為梯子倒下而意外變成上吊死亡。

毒蘑菇食物中毒、在去採野菜的路上發生了意外滑落、誤食農藥、電鋸失控、汽油箱起火……

（務農還真是意外地危險啊。）

去年，遠房親戚的叔叔在塑膠溫室內中暑去世。既然有這麼多意外死亡的狀況，或許其中就夾雜著一個非意外的「案件」。

不過……陽介決定轉向左。那裡有一家超市。

不過，這些都不像月也會做的事。

（「美學」這種東西真令人火大……）

用童謠來比喻謀殺。使用寶特瓶引發聚光性火災執行連續縱火。稱讚為自我利益欺騙別人的次女——這樣的月也，應該不會選擇無法辨別是否為意外的「死亡」方式吧。

——不要讓他第一個死，這樣在心裡才會有下一個可能輪到自己的精神壓迫感，感覺也挺有趣的。

月也曾經這樣說過。

這是把桂家逼到絕境的必要條件。童謠和聚光性火災的共同點。

「連續性。」

把雨傘收進傘套裡。雨天要收傘就是很麻煩。

（但是，具有連續性規則的話……）

可能會很容易被發現吧。如果目的是要讓「桂家」斷絕血脈，又要「完全」犯罪的話。與其考慮連續性，不如混進不規則又平凡的意外之中，就能被當作不幸的巧合——

（我到底在想什麼啊？）

撥開遮住眼睛又助長黑暗思考的頭髮，陽介把店門口的酒精噴在手上。由於酒精消毒液還是難以取得，因此店家還註明「每人限按壓一次」。

堆疊成一落的購物籃後的門上，用紅色字體寫著「請一個人單獨購物」。然而，店內還是有家庭對這個規定視而不見。根據新聞和網路資訊指出，最近去超市買東西似乎成為唯一的放鬆方式。因此，對攜家帶眷來到賣場，店家也只能嘆息。

「……」

但是，陽介對家人一起來逛賣場，沒有憤怒或不滿。而是有種無法言喻的情感。像是要忽視心中迷惘似地，緩緩眨了眨眼，拿起了綠色購物籃。

「騙子！」

陽介進入商店時，傳來尖銳的聲音。自然而然地轉過頭去看。在蔬菜區，一名看起來像小學生的男孩，正盯著一位頭髮灰白的男子。男人——父親用疲憊的眼神，一臉疑惑地默默注視著兒子。

「我最討厭你了！」

孩子大吼著跑了出去。背對著父親。父親困惑地伸出手，但是沒有追上去。反而逃跑似地往店內深處走。

「……」

孩子從陽介身邊經過，想要跑到外面去。但是，外面的雨讓他緩了下來。他在雨水滴滴答答的屋檐下停住腳步。

他的背影微微顫抖著。

陽介拿著購物籃，站在那個孩子的旁邊。

「……幹嘛？」

「沒幹嘛。」

回答用手背擦眼睛的男孩之後，陽介抬頭看著雨。其實，心裡有一種無所謂的感覺。同時，又覺得不能放任不管。

父與子。

那一瞬間，陽介彷彿看到自己。

「你很了不起耶。」

「……我要大叫了喔。」

「啊，那我就麻煩了。我還不想被帶回老家呢。」

陽介嘆息著說出真心話，低頭看著自己的腳。運動鞋的顏色變了。現在感覺還不明顯，但早晚鞋子裡的潮濕感會蔓延開來。

心情更加憂鬱，陽介再次嘆了口氣。陽介沉重的樣子反而讓男孩擔心起來。

「……你還好嗎？」

「不知道。你呢？」

「我？」

「你毫不顧忌地大喊大叫，而且還哭了。」

「……」

「我……我沒辦法反抗爸爸。沒辦法說出『我最討厭你了』這種話，所以我覺得你很了不起。」

自己到底為什麼要講這些，陽介在心裡默默疑惑。跟一個和自己相差十歲的孩子，為什麼要說這些。明明素不相識，為什麼要多管閒事。

男孩應該察覺到他的困惑和不安了吧。男孩沒有大叫也沒有離開，只是像陽介一樣注視著濕答答的腳尖。

「我爸對任何人都非常有禮貌，就像是鎮上的顧問一般，是個態度溫和的人。不嚴厲也不暴力，散發出理所當然受人愛戴的氛圍。我很討厭這樣。只因為是那個人的孩子，就被期望要跟他『一樣』。」

日下家可能比桂家更古老。因為從不關心政治，一直專注於保護土地、種植作物以及與鄉親共存，所以沒有權力。不，或許是刻意不要擁有過多「力量」。

為了成為受人愛戴的角色。

如果是因此而為桂家抬轎，那日下家的罪孽深重。就算被月也殺死也無法埋怨。

或許自己才是最不應該在他身邊的人……

這些想法不方便告訴小孩，所以就繼續留在腦內。不過，陽介最終還是脫口說出喪氣話。

「說要成為家人，是不是太傲慢了。」

「……這我可不清楚。」

男孩像在踢一顆不存在的石頭一樣，輕輕地抬起了右腳的腳尖。

「家人是嘴巴說說就能當的嗎？」

「……」

「那個人真的很煩。說什麼要成為我的父親，讓媽媽幸福。總覺得他很可疑啊。」

「啊——原來他不是你爸爸啊。」

所以，他才無法回嘴，也無法追上來，只好逃走。陽介對自己觀察力不足苦笑不已。如果是月也應該能一眼看穿，陽介此時的心情難以言喻。

「但是，他跟你一起出來買東西耶。」

「因為在家也很無聊啊！」

男孩為了捍衛自己，高聲大喊起來。一邊調整著歪掉的口罩，一邊再度踢起不存在的石頭。

「而且那傢伙說過他會買任何我喜歡的東西給我。」

「啊，所以你才說『騙子』啊。」

「咦？」

「你不是大叫嗎。原來是因為想要的東西，他沒買給你啊……不過，想要蔬菜還真是罕見呢。」

「……」

男孩抬頭瞪著烏雲。「因為……」稍微猶豫之後才開口。

「媽媽沒辦法離開醫院了啊。」

「……呃，祝她早日康復。」

「啊，不是不是。我媽媽是護理師，根本沒辦法回家。所以我們平常一起種的櫻桃蘿蔔，今年沒辦法一起種了……那傢伙是遠距工作，說可以照顧我，但唯獨不肯幫我弄家庭菜園。」

「所以你才叫他買櫻桃蘿蔔。」

喜歡吃蔬菜的孩子會給人好印象。而且還願意自己種。對一個連名字都不知道的少年，陽介擅自評價「未來有望」。另一方面——

「你有這麼喜歡櫻桃蘿蔔嗎？」

說實在的，男孩也讓人覺得奇怪。

櫻桃蘿蔔——別名「二十日蘿蔔」。就像它的名字一樣，生長速度很快，種植後三到四個星期就可以採收。手掌大小的圓形或橢圓形小蘿蔔，表皮呈鮮豔的紅紫色，可搭配在沙拉等食物上增添色彩。除了盛夏和嚴冬以外，幾乎可以全年種植，這是一種適合初學者的根莖類。櫻桃蘿蔔並不在日下家的種植清單上。

總而言之，對於十歲左右的孩子來說，不是馬上就能想到的蔬菜。不像主流的青頭蘿蔔那樣受歡迎。

「我沒有很喜歡，但是爸爸很喜歡。」

「啊……」

陽介皺著眉頭，重新握緊手中的購物籃。在對話中不知不覺浮現男孩的心思。

——太可疑了。

媽媽和考慮再婚的準繼父，是不是都忽略了父親的存在？所以，男孩才會想要種植擁有父親回憶的櫻桃蘿蔔？

那些疑慮讓他哭泣。

小小的肩膀在顫抖。

「你有空嗎？」

「有是有啦。」

「那我們來呼叫偵探吧，不知道他會不會接電話就是了。」

什麼？男孩眨眼覺得可疑，陽介在他面前操作手機。只能賭去研究所的月也會不會接電話了。

『幹嘛啦？』

響兩聲就接起來，表示目前應該是有空。陽介打開擴音，對著男孩微笑。

「櫻桃蘿蔔為什麼會讓少年哭泣呢？」

『……聽這個背景音，你在附近的超市對吧。在那裡遇到謎團。也就是說，這個案件沒錢賺啊？』

「月也學長果然厲害。如果免費讓你覺得不滿的話，看解答怎麼樣，我可以試著交涉看看。這個謎團的關係人，也許會因為委託人給點零用錢吧。」

『所以是怎麼回事？』

聲音雖然低沉冷靜，但不難聽清楚。因為月也那一頭實在太安靜了。讓人不知道他是否真的還在研究所。

即便如此。無論他身在何處，唯一確定的是他現在有時間。既然不妨礙研究，陽介便開始說明關於男孩與櫻桃蘿蔔的事情。

『不知道為什麼，生母和繼父都不想種櫻桃蘿蔔嗎？但是，生母的部分沒有什麼謎團吧。她只是因為疫情的關係很忙，沒辦法像以前那樣一起種而已。』

「不要把兩個人相提並論比較好的意思嗎？」

『我只是按照你給的資訊，用邏輯闡述而已。關於這位準繼父，倒是有一點令人在意。我想問一下委託人。』

陽介把目光轉向男孩。男孩指著自己，眨了幾下眼睛。

「我嗎？」

『這裡也沒別人了吧。好了，關於你這位準繼父……首先，他知道櫻桃蘿蔔是你和生父之間的回憶嗎？』

「嗯。我跟他說過了。」

『原來如此。所以你的疑慮才會這麼深。那接著是第二點。準繼父在你家吃過飯嗎？』

「有啊。在這之前他也經常來。」

在這之前，指的是疫情的混亂前吧。看起來至少交往半年以上了。考慮到與男孩的親密程度，也許從更早之前就開始交往。

『那飯菜裡應該也有出現過櫻桃蘿蔔吧。當時準繼父怎麼了嗎？』

「……也不是不吃，應該是說，媽媽好像從來沒有給那個人吃過沙拉之類的東西。也許那個人比我還像個小孩吧。生菜之類的幾乎都不吃。」

『生菜嗎……那蘿蔔泥呢？』

「該不會是！」

陽介在男孩回答前就先出聲。睜大眼睛盯著手機螢幕。因為口罩的關係，畫面上只能看到可疑的戴著眼鏡的臉，總覺得能看見月也惡魔般的邪笑。

『太好了。看樣子你今天眼鏡沒有起霧。』

「跟起霧沒兩樣。這是我這個領域的問題對吧？」

『很好。那我就繼續回去做檢測了。』

月也沒有留任何餘裕，隨即結束通話。陽介苦笑著，將手機放回牛仔褲的後口袋。「好了。」一副偵探的樣子，轉向男孩。

「如果對方沒有吃一起種的蔬菜，你會怎麼想？」

「咦？呃，會很難過吧……」

「沒錯。那個努力想成為你父親的人也有一樣的想法。」

陽介引導著男孩，邁步走進店內。確認對方已經跟在旁邊，才繼續說下去。

「就算一起種櫻桃蘿蔔也沒辦法一起吃。如果一開始就知道會難過，那就不要種……這是他的想法。不過，這個前提很奇怪。與其默默悲傷，在那之前應該有別的事情要做。」

陽介晃來晃去，在貨架間尋找那個身影。男孩的準繼父在乾麵區。看樣子在猶豫要買細麵還是蕎麥麵。

「你就說我是遠房親戚的表哥，好嗎？」

陽介悄悄地對男孩耳語，讓他朝準繼父的身邊走去。

「津留見先生。」

男孩有點見外地這樣叫住繼父。津留見猛地抖了抖肩膀，轉過頭來。看眼睛大約四十幾歲，他用手摸了摸自己長了許多白髮的頭。

「翔平……」

「那個，我遇到表哥，他好像有話要跟你說。」

「呃……」

明顯感到困惑的津留見，注意到陽介。陽介微微一笑——雖然覺得噁心，但還是像父親一樣掛起了「討人喜歡的笑容」。口罩遮住臉部，也不知道傳達了多少。因此要特別注意聲音。

「初次見面您好。」

「您好……」

「突然叫住您真是抱歉。剛才和翔平聊天時，我注意到津留見先生是不是對澱粉酶過敏呢？」

「澱粉酶？」

翔平和津留見都眨了眨眼睛。在戶籍上還是陌生人的兩個人實在太相像，讓陽介的喉嚨抖了一下。

澱粉酶是蘿蔔中含有的一種消化酵素。可以促進碳水化合物分解，但是對空腹或胃酸狀況不佳、胃部較虛弱的人，可能會過度刺激，引起胃痛等問題。「津留見先生，吃生蘿蔔會讓你的肚子痛嗎？」

「啊，是的……」

比陽介大一輪以上的津留見，雖然不太懂，但仍然點了點頭。陽介也表示同情地點點頭。這也是在父親身上學到的。

「真可惜，因為這樣不能吃蘿蔔泥。連有蘿蔔絲的和風沙拉都沒辦法吃。還有……櫻桃蘿蔔也是。」

「……」

「不過這沒有什麼好隱瞞的。就是一個過敏症狀。對食物、蘿蔔過敏。翔平，你會嘲笑過敏的人嗎？」

「我才不會。班上也有很多這樣的人。」

「沒錯。如果是認真想成為翔平的爸爸，應該把自己真正的樣子告訴他吧。而不是顧著避開櫻桃蘿蔔。」

陽介說到這裡就先停下來。

這種虛偽令人很不舒服。選擇這種方式表達，只是某種發洩。又或者是因為自己和月也很像吧。

「有沒有想過，拒絕生父喜歡的櫻桃蘿蔔代表什麼意思？」

說完這句話後，陽介轉過身，匆匆地逃到人少的寵物・文具區的貨架，然後失落地垂下肩膀。

（搞砸了……）

明明沒有必要傷害任何人。在那種時候，只要像個家政專業人士，告訴他如何應對澱粉酶就好。蘿蔔的澱粉酶對熱敏感，只要加熱就能吃。明明可以問他，關東煮裡的燉蘿蔔是不是就沒問題？然後溫和地結束對話就好。

陽介用手捏著不像月也那樣捲曲的瀏海，然後拿出手機。在聊天程式裡面，送出一則結果報告。

【結果做了白工。】

【我想也是。】

月也還閒著嗎？立刻就回覆了。

【我們又不可能認真面對父親。】

【是啊。】

【今天可能回不去了。】

【什麼？】

【我這裡也是在做白工。】

【你在做什麼？】

【幫忙做PCR檢測。】

【PCR？】

沒有出現已讀。陽介只是一直盯著手機螢幕。

PCR檢測——如果是以前的陽介，可能會覺得月也又在講什麼聽不懂的理科話題，就這樣置之不理。然而，現在反而很少有人沒聽過這個詞。

這是用來判斷是否感染新冠病毒的檢測。只要放大少量的DNA就能明確看到病毒特徵。月也在新聞空檔有提過，這其實不是專門拿來檢測病毒的。

（為什麼學長在做PCR檢測呢？）

幫忙，就表示原本不是要去做這件事吧。究竟是怎樣的過程，會讓一名研究太空的理科大學生參與這樣的工作呢？

（他到底跑去哪裡了呢？）

陽介轉頭將手機放回後口袋裡。總之，決定先想想月也會喜歡的菜單，便往魚肉區走去。

「果然很貴。」

面對燉煮用的魚片，陽介嘖了一聲。比起距離漁港約一小時車程的那個城鎮，首都圈的超市價格太奇怪了。新鮮度也令人質疑。

不過。如果吃喜代的傳統料理長大的月也能高興的話，寬容地做一餐應該還行。

畢竟希望世界毀滅、人類毀滅的他，正在為了人類工作。

只要放棄磅蛋糕，就能做燉煮比目魚。雖然不是當季，而是冷凍的比目魚。找到勉強符合預算的價格之後才放入購物籃。

（……今天可能回不去。）

即使如此，今天還是等他回來再吃晚餐吧。為了第一次的餐後小酌。口罩下微微露出無奈的笑容，陽介走向酒類貨架。

在途中擦身而過的津留見，購物籃裡放著一包櫻桃蘿蔔。

＊金魚〔gold fish〕攤在大眾面前

第10話　黑羊的遺言

陽介似乎沒有真正理解參與PCR檢測的人的忙碌程度。月也理所當然地晚歸，看到他搖搖晃晃、失去食慾的樣子才終於有感。

按照這個狀況，應該會請學生來打工才對。

月也並沒有臨床檢驗技師資格，因此只能做周邊的雜務。沒有人預料到，現在這種狀況下，人手有多麼寶貴。話雖如此，那也是因為屬於民間研究所，才能靈活應變，簽訂這種兼職契約。「陽介也要來嗎？」月也開玩笑地這樣說。

因為這樣，兩個人又回到疫情前各自過生活的狀況。兩罐氣泡酒已經在冰箱中度過五個晚上。

（今日能喝到酒嗎？）

研究所今天放假，所以月也終於有了久違的假日。一大早就開始喝酒，未免也太放肆了。等到晚上好了……陽介一邊盡量保持心情開朗一邊洗臉。

但是，在心裡的某個角落，已經意識到自己無法享受愉快的餐後小酌了。

月也的眼神黯淡。

就像縱火的那個夏天一樣。或者比當時更黯淡。

「……」

用粗糙的毛巾擦著臉，陽介皺了皺眉頭。一定是因為疲勞的關係。相較於在瀕死狀態的餐飲業打工，有收入是一件好事吧。

所以，這並不代表會發生什麼事情。應該不是完全犯罪的前兆。

儘管試圖說服自己，但陽介仍無法接受。

如果這不是前兆的話……明明說好要節約，卻在房間裡放了一台小冰箱，這是怎麼回事呢？月也辯解說半夜口渴的時候，每次都要去廚房太麻煩。如果是這樣的話，為什麼以前不去買呢？

（到底開始預謀什麼啊？學長。）

將毛巾掛在洗手台旁邊，陽介戴上了眼鏡。面對鏡子裡的自己。或許是因為只有微暗的橘色燈光，連自己的眼睛看起來也很陰暗。

「我能找到你嗎？」

鏡中嚅動的嘴唇很蒼白。總覺得自己被嘲笑似地，陽介朝鏡子猛擊了一拳。乾脆碎掉好了。然而，右下角有著古老裂痕的鏡子卻相當堅固。陽介搖搖頭，深深嘆了一口氣。今天是月也的假日。為了不讓他再墮落，自己必須伸出手。

（希望你發現，有人在試圖成為你的「家人」。）

陽介帶著祈禱的心情走向廚房。首先要準備早餐。那就來做很久沒做的月也喜歡的雞蛋沙拉三明治吧。

陽介打開冰箱後，不禁歪頭疑惑。

（是不是少了兩顆？）

雞蛋盒裡的顆數比記憶中少。雖然並沒有一一記錄，但回推採買的時間，自然就會發現剩下的數量有誤。應該不是錯覺。

（是學長吃掉了嗎？）

晚回家的日子吃雞蛋拌飯——不可能。月也不敢吃生雞蛋。話雖如此，他也不可能動手煮。

「……」

果然，某些事情開始發生了。到底是什麼？雖然不清楚，但這個量的雞蛋不夠做三明治。陽介將菜單改成了火腿蛋。

準備好塗上乳瑪琳的吐司和咖啡歐蕾後，就像往常一樣跨過沙發打開紙門。

不用大聲叫，月也已經對著電腦了。因為在研究單位打工的關係，可能被盯著交報告了。

「……要不要辭掉打工？學業才是本業吧？」

「是啊。我昨天已經辭職了。對方給我的感覺是隨時都可以回去工作。」

咦？陽介眨了眨眼。反而有點失落。原本一直以為研究所是「完全犯罪」的必要條件。

不……可能是因為不再需要才辭職的。如果計畫已經進展到那個地步，那麼自己能做些什麼呢？陽介在身側握緊右手。

「早餐好了。趁熱吃吧。」

盡可能帶著微笑。

月也緩緩眨眼，目光斜視。然後，轉身朝著窗戶，彷彿在逃避陽介。

「……下雨了。」

「因為是梅雨季節啊。」

「你來的那天也是雨天。」

對啊。陽介有點厭煩地抓了抓突出的耳朵。「因為我是雨男啊。」而且那天非常寒冷，儘管已經是三月底，首都圈還是冷得都要結凍了。

「但是學長準備的入學禮物，竟然是冰淇淋蛋糕。」

「前一天還超過二十度。誰會想到偏偏在你來的那天，最高氣溫就下降到八度呢？」

「不過，我還是很高興啦。雖然比起整理行李，清理某人一直亂丟的房間更辛苦就是了。」

「……」

「不過，只差一年，我可能就無法來到這裡了。」

因為新冠病毒的影響，有些人本來可以升學，卻無法搬家。即使如此，房租仍然要繳，但也無法搬離原本的住處。

短短一年內就產生這樣的不同。

如果是這樣的話，一年後會變成怎樣呢？兩年後呢……

「學長，早餐要冷掉了。」

「好。」

看到月也站起來，陽介便轉向圓桌。當陽介越過靠背坐下時，月也也像溜冰一樣滑進沙發。疲憊地打了一個大大的哈欠，坐在陽介身邊，盤腿面對早餐。

「不是雞蛋三明治啊。」

在開始吃飯之前，就聽到了抱怨的聲音。陽介對著早餐雙手合十，嘟起嘴巴。

「不知道為什麼，雞蛋剩下的數量不對。」

「……」

「不見兩顆。你覺得雞蛋跑去哪裡了？」

「……我開動了。」

月也啃著吐司，不讓陽介察覺自己努力轉移話題。陽介對著咖啡歐蕾嘆了口氣。

「你知道……」

像是要掩飾不安似地，喝了一口。然而，控制糖分的咖啡歐蕾，並未慰藉陽介的心。

「你知道為什麼我進入了科學社嗎？」

「……我以前從來沒想過。回想起來還真是奇怪呢。雖然我們沒什麼接觸，但不知道為什麼，陽介的態度看來是很討厭我啊。」

「嗯，我以前很討厭你。」

這幾乎可以說是一種反射性的回答。總之，當時很討厭他。和桂家的父親不同，態度冷靜、不自大、選擇孤獨，這些都讓人火大。

「現在回想起來，我們應該是厭惡同類。月也當時應該也討厭我吧？」

「啊……。」

月也苦笑著將煎蛋的蛋黃戳破，一邊滴入醬油。

「我覺得你很麻煩。社團活動時是我寶貴的自由時間。」

「所以我才覺得這樣剛好。我只希望和這個人保持表面上淺薄的關係，不需要太多糾纏。」

「結果變成孽緣。」

「你不喜歡嗎？」

「……。」

一如陽介的預測，月也沒有回答。而是打開電視轉移注意力。電視上播著已經不知道第幾次、司空見慣的新冠病毒相關新聞。

『……老年人、有高血壓或糖尿病等慢性病的人，重症化的風險會增加——』

「桂議員不是有糖尿病嗎？」

「整天吃好東西，又不運動。完全是自作自受。如果我沒動手他就這樣死掉，反倒讓人火大。」

「又說這種讓食物變難吃的話……」

「沒問題的。陽介的飯菜無論在什麼情況下都很美味。」

月也哈哈大笑。嘴裡嘟囔著「真討厭」，陽介咬了一口吐司。

雖然是特價品，而且又經過冷凍保存的吐司。使用噴霧器給予水分，不用烤箱而是用平底鍋慢慢烘烤，成品很值得花費這份工，可以呈現出外脆內軟的口感。

月也應該不知道這麼費工吧。他應該也不知道為什麼要花這麼多功夫烤吐司。

「你知道為什麼我做的飯菜好吃嗎？」

「不是因為這是你的興趣嗎？」

「因為有愛。」

「好沉重。」

「的確是！」

陽介笑著帶過。月也也笑著，用烤麵包把火腿蛋盤子上殘留的雞蛋和醬油抹乾淨。陽介看著對方不經意的動作，心情有些苦澀。

這是陽介的習慣。想要節省洗碗的時間，同時又想要品嚐到完整的半熟蛋。這個習慣不知不覺間已經傳染給月也。

因為兩個人一直一起吃飯。

在這些小動作中感受到兩個人的時間流逝，陽介輕輕地垂下眼簾。

「學長。」

「嗯？」

「……昨天有一個委託案件。在學長打工的時候傳來的。委託人似乎不太急，所以我請對方等待回覆。吃完餐後請你看一下吧。」

「那也沒什麼。你應該就能應對了吧。」

「但理科偵探是月也學長啊。」

微笑著收拾碗盤，陽介將手機交給月也後，先去處理要洗的東西。委託信昨天看過了。現在不需要一起看。

【暱稱　Stand by Me】

初次見面，理科偵探先生。

我閱讀了其他人的評論，判斷您應該可以信任。而且，我覺得網路偵探反映了時代的變化，非常有趣。

話說回來。我想委託的事情是祖母的遺言。

我這位祖母有點古怪，家人不太喜歡她。但是，雖說是怪人，但也不會給他人帶來麻煩，只是有一些奇怪的興趣或者玩遊戲……

所謂的遊戲是「人偶遊戲」。玩偶是祖母手工製作的，都是鄉鎮協會的人和家人（我出生前，父親還是高中生的時候，爸爸、姑姑、叔叔三個人，還有祖父母一家人）的人偶。

還有我一出生就過世的祖父製作的迷你屋。祖母在住院之前一直以迷你屋為舞台，玩人偶遊戲。

而且內容很奇妙。

每次都是同一個劇情，祖父是犯人的竊盜事件！

祖母就是因為這樣才被當成「怪人」。父母都沒有好臉色，結果就只有我成了祖母的玩伴——一起參與這個奇怪的玩偶遊戲。對我來說，雙親都在工作，只有祖母照顧我。就算是奇怪的人偶遊戲，能一起玩我也覺得很開心。

這樣奇怪的祖母，上個月不幸去世了……

因為現在是這種情況，即使沒有上大學，最近也無法去探病。因此，沒趕上見祖母最後一面。

祖母好像意識到她快要去世，所以對護士說了一些話，或者應該說是遺言吧。她留下了遺言給我。

內容是這樣的：

「請相信爺爺的清白。」

明明祖母一直都安排祖父當犯人。這句話究竟是什麼意思呢……

理科偵探先生，你能理解嗎？

【技能提供者　理科偵探】

初次見面。感謝您的委託。

理科偵探目前因公出差，所以由助手先與您聯絡。

Stand by Me的委託非常有趣。理科偵探應該也會感興趣吧。

因此，以接受委託為前提，我想先請教您一些問題。請問您能否盡可能詳細地告知奶奶的人偶遊戲內容？因為偵探不在，所以很抱歉不能立即提出推理……

我想若是能先收到資訊，應該有助於順利解謎。

【暱稱　Stand by Me】

這並不是很緊急的委託……

人偶遊戲的舞台是祖父製作的迷你屋，那是自治會館。雖說是會館，但還是鄉下的建築物，所以是樸素的平房。

出入口只有一道雙開的大門。還有幾扇窗戶。

進玄關之後就有一個小茶水間。左手邊有一個不知道多大的寬敞的房間，自治會的人可以在這裡聚會。房間就這兩個，再來就是收納長桌和坐墊空間。

據說當時的習慣是在流理台下的儲藏空間裡，藏著裝有自治會費的保險箱。

盜竊事件指的是這個保險箱被偷走的故事。

而且還是從密室裡——

「……這個委託非常適合月也學長對吧？」

月也盤腿席地而坐，陽介拿著裝有紅茶的馬克杯走來，將白色的杯子放在月也面前的桌上。用雙手握住自己的黑色杯子，坐在沙發的左端，抱著膝蓋坐下。

看來月也還在閱讀。視線沒有離開左手的手機，右手只憑感覺抓住杯子。

——然而，這個密室問題的解方是把祖父當作犯人。

因為祖父曾負責管理自治會館的鑰匙。如果有鑰匙，即使是密室也無所

謂……

最重要的是，由於祖父堅持保持沉默，金庫盜竊案的罪由祖父承擔，事情就這樣平息了。幸運的是，不，這不知道該不該說是幸運，自治會不希望世人知道這麼丟臉的事情，所以沒有讓警察介入。

就這樣，祖父直到去世都被當作盜竊金庫的人，附近的鄰居都用鄙視的眼光看著他。

唯獨祖母相信祖父是無辜的。想必那個玩偶遊戲，是祖母的現場勘查吧。直到聽到遺言之後，都沒發現這一點，實在令人懊悔又羞愧……

「原來如此。」

月也將手機放在桌子上，靜靜地喝紅茶。陽介歪著頭看著月也。瀏海輕輕地滑落。

「謎底解開了嗎？」

「嗯，有發現一些可能性。不過我想要稍微確認一下。」

月也這樣說完，但沒有動手機。如果有需要確認的事項，就應該立即發送郵件。聞著茶包廉價的香味，陽介輕輕皺起眉頭。

「……你在打什麼主意嗎？」

「眼鏡起霧，說話還不好聽。我只是……在思考要怎麼樣才能讓陽介你離席而已。」

「什麼？」

「聽好了，陽介。」

身體向後仰，轉向陽介的月也，突然伸直了食指。

「有一件可以確定的事，就是既然發生案件，不是某個人成為兇手，就是另外一個人成為兇手。」

「這不是理所當然的事嗎？」

「為了傳達這句話，你的存在就是一個干擾。」

「為什麼？」

「你不會傷害別人或委託人對吧？」

月也用陰沉的眼神提問。毫不猶豫。陽介深深皺起眉頭，咬緊嘴唇。凝視著原本要伸手去拿杯子的右手大拇指根部的傷口。

「我是……」

陽介試圖反駁。但是沒有繼續說下去。

——無法傷人。

陽介無法否定這句話。

「這是我的仁慈。陽介請離席一下吧。這次的問題和外遇事件不一樣。這個問題不是用敷衍就能解決的。」

「即便如此……我也不能讓你獨自成為被憎恨的對象。我不想這樣拋棄你。」

「吵死了。」

「你覺得我煩也沒關係。月也學長，對你來說我就那麼不可靠嗎？不能信任我嗎？我的確怕受傷，也不想傷害別人。即使這樣……無論如何矛盾，在那個夏天我就已經做好準備和你一起受傷了。若非如此，我當時就會告發學長是縱火犯。」

「……」

「所以我絕對不會離開。」

哼，陽介鼻子輕哼一聲，然後深深地靠在椅背上。月也抓亂頭髮。大口吐氣之後說道：

「既然如此，你就不要插嘴。」

月也再三強調，才向委託人發出信件。

【我想直接從我口中告訴你真相。我們任何時候都可以，請在您方便的時間，使用語音通話功能。】

應用程式馬上就收到來電。對方應該是郵件中所描述的學生吧。學校因擔心疫情擴散，許多地方上學都有限制。總而言之，學生現在可以自由支配時間。

『……那個。初次見面您好。』

手機中傳來的聲音，是比想像中更低更粗的男性聲音。陽介在心裡反省，自己從「玩偶遊戲」這個詞擅自聯想到女性。

或許月也也抱著相同的想法。眉毛抖動了一下，他輕輕咳了一聲。

「您好。感謝您撥出寶貴的時間。」

『哦，不……那……您想要直接對話，請問是要談什麼事呢？』

「嗯，在那之前我要確認兩件事。」

『請說。』

「首先是第一點。」

月也面對只有打開語音通話功能的手機，立起右手的食指。即便知道對方看不見，仍然會這麼做，難道是為了完全成為偵探嗎？看到略顯滑稽的行為，陽介莞爾一笑，聲音封在馬克杯中。

「您對父親有什麼想法？」

聽到進入鼓膜的話，剛才的微笑瞬間消失。提出這個問題的月也的側臉，像是浮現在深秋月夜裡一樣，清澈而安靜。

『有什麼想法？父親對待祖母和生母很冷淡，讓我無法喜歡他……除此之外，只能說是普通吧。至少他有供我上大學，我也不能說對他毫無感激之情……啊！一言以蔽之，就是「空氣」。沒有會頭痛，但平時一點也不會在意。因為太過理所當然，反而就不知道該怎麼評價了。』

「……」

誇張地眨了眨眼睛，月也轉身看著陽介。他伸出的食指指向手機，歪著頭。

——這傢伙在說什麼呢？

月也表達疑惑。陽介也誇張地左右搖了搖頭。一邊重新戴好眼鏡，一邊用唇語說話。

——我不知道！

同年齡，同為男孩，為什麼會用「空氣」形容父親呢？雖然看似無害，但卻是「毒物」啊。

月也似乎完全失去力氣，懶懶地在桌上撐著臉頰。

「……那算空氣變得有點混濁也沒關係吧。」

『咦？是無所謂啦。』

「第二個問題。保險庫被盜的時候，您的父親是高中生，當時是高三，必須決定要朝工作或升學的時候嗎？」

『這個……好像是這樣。父親是大學畢業，所以應該選擇升學了吧。』

「所以才會如此。雖然動機純屬想像，不過應該只是因為擺脫考試壓力突然失心瘋吧。您的父親才是從自治會館偷走保險箱的犯人。當然，不是密室，因為鑰匙就在家裡。」

『咦……』

「祖父很快就發現真相，決定承擔罪行。為了保護孩子的未來，真是傻得可愛。犯罪的孩子沒有贖罪，竟然也好好的長大成人了。」

月也的話讓空氣變得混濁。不僅是陽介所在的這個房間，手機另一端的空間應該也一樣吧。

毒素正在蔓延。

「不，他並沒有好好長大。我該稱呼奶奶還是媽媽呢？您的父親對她冷淡，委託人應該能想到為什麼吧？」

『那個，玩偶遊戲……』

「沒錯。奶奶只想知道真相吧。因為她非常相信爺爺，只是如此淺顯易懂的夫妻之愛。不過，這個『遊戲』對您的父親來說是無言的責備。所以他否定這個遊戲，並試圖排擠奶奶，以確保自己的身分地位。」

呼——月也嘆了一口充滿無奈的氣息。

「真是愚蠢。這就是你當作『空氣』的父親的真實樣貌。」

『……』

「啊，也許爺爺心裡也有自責的念頭呢。不過，現在已經不可能說出真相了。所以才會陪著奶奶玩人偶，甚至做了自治會館的模型吧。」

『怎麼會……』

「您覺得如何？以上是對您奶奶遺言的回答。」

『……怎麼這樣。得到這樣的答案，我到底該怎麼辦！』

「該怎麼辦啊？這樣啊……我在第一個問題中，詢問委託人對父親的看法，其實和這個答案有關。如果對父親抱持著某種怨恨，就可以拿來報復。但是你說了『空氣』，如何淨化空氣是委託人您自己的自由。被汙染的空氣果然還是——」

嘟，通話結束。

陽介用食指戳了一下手機畫面，咬了咬嘴唇。以銳利的視線刺向月也。他無聊地咂舌，然後抬起頭來，整個人趴在桌上。

「我這次可沒有多說什麼。」

「是啊。如果有意見的話，下次就禁止你出手。」

「……真是的。那個城鎮也是，為什麼安全意識會這麼薄弱呢？正常人誰會把金庫放在自治會館裡面啊。只要好好辦一個銀行帳戶或者用電子錢包，就不會發生這種事了吧。」

「是啊。」

手指離開手機之後，陽介把它連接到充電器上。然後愣愣地站在那裡，把視線投向房間對面的窗戶。

下雨了。

無聲的，昏暗的，下著雨。

「……學長你……」

該不會想到完全犯罪計畫了？浮現在頭腦中的話語，陽介無法說出來。就算問了，也聽不到回答。即便回答，自己也無法相信。在這樣的不安之下，陽介無法說出口。

「你喜歡下雨天嗎？」

對於這個不知道掩飾什麼的問題，月也把視線轉往屋外。左臉頰仍貼在桌上，一邊凝視著滴滴答答下著的雨。

「我討厭梅雨季的雨。」

月也用右手按住左側腹部。喔，陽介低頭小聲地說了一聲「對不起」。

從那之後，兩個人各自在自己的房間裡度過一整天。

也許是因為白天和夜晚，幾乎都沒有交談。明明有預兆，卻無法阻止他，大概是因為陽介太懦弱了吧。

如果當初能在某個時間點行動的話……

月也也不會在隔日早晨留下了這樣的紙條離開吧。

Thank you anyway.

XOXO

＊黑羊〔black sheep〕（家中的）恥辱、麻煩製造者、棘手的人、異端分子

第11話　青鳥

Thank you anyway.

OXOX

在一張平淡無奇、撕成一半的活頁紙上，月也的字跡非常漂亮。陽介右手緊握著放在客廳圓桌上的紙條，跑到了門口。

『觀眾朋友早安！』

在習慣性打開的電視裡，播報員大叔今天也依然神采奕奕。六月二十六日星期五。先宣告沒有刻意去記就會忘記的「平日」後，開始播報第一條新聞。

今天同樣從新冠病毒的話題開始。世界各地的感染情形持續擴大……

新聞和昨天早上一樣，但混凝土剝落的敲土[1]上，少了一雙運動鞋。當然是比較大的那一雙。月也已經不在家了。

Thank you anyway.

留下謝謝這句話的他，

OXOX

帶著親愛之意的口吻說出這些話的他，做的事情——

「學長！」

面對厚重的金屬門大喊，陽介赤腳衝了出去。下雨了。

從早上開始，外走廊不斷地吹進雨水，把陽介的腳弄濕了。因為冰冷而倒抽一口氣。陽介心想不能追。如果追在月也身後，前往那個城鎮，那陽介肯定回不來了。

因為那是個沒有旅館，從車站到各地交通也不方便的城鎮，所以只能依靠家裡。當陽介回到「家」之後，就再也無法離開了。

他知道會被勸說不要回首都，然後就無法行動了。

原本是打算逃到這裡。

然而，最終他還是得依靠父母才能獲得逃走的資金。更重要的是，要是祖母擔心自己的身體健康而哭泣，陽介就更走不了。

因為自己沒有像月也那樣的覺悟和怨恨。

一定會被眼前受傷的人影響吧。

---

❶ 敲土（敲き土，たたきつち），是一種將磚紅壤、砂礫等物質與熟石灰和苦（鹽滷）混合加熱，塗敷後便會凝固的建材，被用來製作土間的地板。

「……」

陽介刻意走向外走廊的防護欄杆。取下眼鏡，抬起頭閉上眼睛，讓眼皮接住雨水，吸進濕冷的空氣，從肺部冷卻腦袋裡的熱氣。

（我應該做的事是……）

就是守護這裡——「兩人的家」。

為此，必須阻止月也。「謝謝，親愛的學弟」留下這種完全不像他的話，一定是找到完全犯罪的方法了。

必須阻止他。

從這裡阻止。從兩個人的家出發。

就算只有兩年，也要保護這樣的生活。必須找回月也。

在他完成犯罪並以自己的死結束「桂家」之前……

「至少『謝謝』要親口對我說啊。」

故意留下我不擅長的英文！憤怒地握住短信，陽介走回房間裡。一邊用褲腳擦拭腳底感受到的砂石，一邊朝客廳走去。總覺得不能丟著不管，所以把短信塞入後口袋。用空出的手，拿起圓桌上正在充電中的手機。

先閉上眼睛。

側耳傾聽剛才為自己帶來平靜的雨聲。

心中仍然殘留著想要衝出去的感覺。其實，自己並不擅長邏輯推理。因為自己並不是什麼「名偵探」。

但是，月也想要解謎……陽介是這樣相信的。想要相信桌上留的短信，只是「委託書」而不是一封「遺書」。

陽介睜開眼睛，重新戴好眼鏡。他解開圖形鎖，為保險起見，把指尖先指向通話紀錄中月也的名字。想要撥通電話的心情，在隔著數公釐的距離時忍住了。

就算現在月也接了電話。自己也什麼都說不出來。

月也無法認同毫無邏輯的沉默。陽介也討厭這種無聊的電話。

要打電話的話，就要在確信「可以阻止」的時候再打。

（好。學長現在會在哪裡呢？）

直到昨晚十點都有看到他。也就是說，他應該無法搭乘當天的新幹線。既然如此，可能是搭上夜間巴士。

查一下就發現，有一班晚上十點五十五分發車的車次。

假設他搭乘那台巴士，抵達那個城鎮最近的車站，預定到站時間為八點四十分。

（現在時間是六點十三分……還在車上嗎？）

但是，他不一定搭巴士。如果不是深夜上車，而是清晨前往車站。東北新幹線的首班車是六點三十二分。抵達最近車站的時間是九點二十一分。

（租車很容易被查出蹤跡。搭便車也會「被某個人記住」，所以學長不會使用這樣的手段。）

陽介隨意地將手機放在烤麵包機上，拿起飯鍋。糖分不足會無法正常思考。而且，陽介知道自己在做飯的時候大腦更活躍。

所以陽介選擇洗米，即使不小心煮了兩人份也無所謂。

（假設學長的移動方式是巴士或新幹線……最晚大概是九點半嗎？）

夜間巴士的話，可以在八點四十分前抵達那個城鎮附近。從最近的車站前往那個城鎮，需要換乘普通列車，然後搭公車或計程車。順利的話，預計會在九點半到達。

剩下約三小時。

要在這段時間內揭穿計畫並且說服月也。只要看穿他的完全犯罪計畫，那計畫就不完全了。這樣就能讓他回到「這裡」。

（線索應該是PCR檢測。）

按下煮飯鍵，同時聽著短短的電子旋律，陽介打開了冰箱的蔬果層，思考需要花功夫的菜單。

胡蘿蔔和馬鈴薯、洋蔥、高麗菜、青椒。由於碎肉還沒有被冷凍，所以可以做青椒鑲肉和義大利風味雜菜湯，這樣就需要握刀或木鍋鏟一段時間了。這樣可能會用完好幾天份的食材，不過現在是緊急狀態。

（在研究所發現完全犯罪的線索可能性最大……）

一邊接受二烯丙基二硫的刺激，一邊把洋蔥切碎。把義大利風味雜菜湯要使用的分量留在盤子裡，剩下的放入不鏽鋼鍋中。握住木鍋鏟，開始把洋蔥炒成焦糖色。因為用掉所有存貨，所以青椒鑲肉的餡太多了。剩下的部分就冷凍保存吧，陽介不假思索地做出這個決定，然後專注地開始思考起月也的事情來。

（除此之外奇怪的事情應該就是小冰箱和消失的兩顆雞蛋了。）

昨天趁月也洗澡的時候已經確認過小冰箱的內容物。

設定溫度和體溫差不多的小冰箱，放著兩瓶280毫升迷你寶特瓶。這兩者都貼有柳橙汁標籤，但顏色有點奇怪。

而且，兩瓶都已打開，容器底部只有不滿兩公分的量。

「……那該不會是雞蛋？」

數量和顏色也完全一致。假設消失的蛋就在那裡。月也為什麼要保存蛋液呢？

（不行，只知道雞蛋一定會腐敗。）

陽介一邊喃喃自語，一邊攪拌鍋裡的食物。洋蔥不會輕易就變成焦糖色。雖然本來就知道會這樣，但實在不喜歡讓手腕累積疲勞。

（是說腐敗的雞蛋也是毒物沒錯啦。）

如果蛋殼上附著沙門氏菌，或許可以成為故意引起食物中毒的材料。儘管如此，沙門氏菌引起的食物中毒，恐怕也無法帶來月也所期望的「死」。

不過……陽介感覺到自己捕捉到一絲線索。

（蛋是用來「培養細菌」的對吧。）

握著木鍋鏟的手從右手換到左手。伸出右手臂，從烤麵包機上拿起手機。

（如果，他試圖在家裡培養新冠病毒呢？）

如果是這樣的話，PCR檢測的事情就說得通了。他以兼職打工的身分進入研究所，偷走檢體樣本。然後在家裡培養，然後散播在人口老化嚴重的那個城鎮，生化恐怖攻擊——這已經不是「完全犯罪」了。

陽介嘆了口氣。為防萬一，為了增加知識並尋找線索，陽介開始上網檢索。輸入「雞蛋．病毒．增加方法」這幾個關鍵字。

搜尋結果顯示的是流感疫苗的製作方法。可能是因為濃厚的農家血統，陽介從幾個選項中，選擇了JA農業協同組合的網站。

根據這個網站的資料，顯示病毒確實會因雞蛋而增加。不過，使用的雞蛋必須是受精卵。更確切地說，是「孵化雞蛋」。在胚胎成長途中，孵化成雛鳥前的雞蛋。

使用孵化的雞蛋是因為病毒需要「感染活細胞」才能增殖。

另外，必須將其加熱至三十七度並保持在發育中的狀態……

「這不可能嘛。」

對著手機，陽介下意識地吐槽。

月也偷藏的食用雞蛋，當然是非受精卵，沒有形成胚胎，也不是活細胞。

只有溫度接近，那會變成什麼呢？

還是他只想製造沙門氏菌的毒液？

「……」

有點奇怪。感覺好像剛抓住的尾巴，突然從手中溜出去。陽介將手機塞進後口袋，然後右手再度拿起木鍋鏟。洋蔥已經開始變色了。

（理科偵探桂月也，應該不可能不知道這種程度的事情。）

他明明知道，月也只是故意讓陽介看到「無意義的行為」。換句話說，這個「明顯可疑的行為」背後應該隱藏著「真相」。

「真的假的……」

看樣子似乎無法像那個夏天一樣了。

（所以我不是說過嗎？我又不是什麼名偵探！）

帶著滿腹恨意，將炒成焦糖色的洋蔥移入耐熱玻璃碗中。等待降溫的同時，接著準備義大利雜菜湯的食材。專心地細細地切碎蔬菜。

（炒焦糖色洋蔥大約花了二十分鐘，所以剩下的時間還有兩個半小時。）

把料理過程當成時鐘，陽介立刻開始思考下一步。在顯眼的計畫背後，月也制定了什麼樣的計畫呢……

（不過，學長還真是喜歡寶特瓶啊。）

陽介沒有任何靈感，只是笑了笑。

高中的時候，曾經用寶特瓶引發聚光性火災。這次雖然不是完全犯罪計畫，卻企圖利用寶特瓶來培養細菌。

「也許從那之後，他其實並沒有改變呢。」

即使他有準備陷阱，代表思考的範圍已經擴大也一樣。執行這件事的「桂月也」，內心並沒有改變。

「學長是……」

在炒完洋蔥的鍋裡，加入切細的胡蘿蔔、馬鈴薯、洋蔥和高麗菜的菜心。節省洗滌時間的同時，也能留下焦糖洋蔥的風味，這是一舉兩得的方法。因為擔心會燒焦，所以馬上加入水和番茄罐頭，然後開火加熱。

深深的嘆息吹向月桂葉，然後加入鍋中一起燉煮。

（從那個夏天開始，就沒有改變嗎？）

從找到彼此，開始孽緣的那一天。從那天開始，想阻止內心懷有完全犯罪之意的他，甚至連成為「家人」這個方法都想到了。

生活在一起，月也從來沒有任何感覺嗎？

（我是不是什麼都沒有傳達給學長過啊。）

虛空讓眼睛感到一陣疼痛。肯定是洋蔥切得太細了。陽介打算把今天沒用到的焦糖洋蔥保存起來，於是打開了櫃子的抽屜。當從盒子裡拿出夾鏈袋時，有強烈的違和感。

（對了，為什麼那裡會有……）

生日的那大早上。月也說要去研究所那天。在雜亂的桌子上，的確有夾鏈袋。

（那不是用來做報告的東西，對吧？）

會不會有其他意圖？從盒子中取出一個密封袋，陽介將透明的袋子舉到眼睛高度。由於這是一個保存袋，所以應該是拿來放什麼東西的。

（裡面裝了什麼？）

原本放了什麼呢？就算努力回想，記憶中的夾鏈袋也是空的。外觀扁平，感覺裡面沒有裝過東西的痕跡。

「真是的！」

陽介對自己記憶力和觀察力不足感到惱怒，用沒有拿著袋子的手抓頭。糾纏在手指間的**頭髮**，讓陽介注意到一件事。

「不會吧，PCR檢測……」

PCR檢測是因為新冠疫情才變得有名。原本並不是為了檢查是否感染而存在的檢驗方法。

PCR檢測的方法是利用DNA增幅。原本的檢測目的是透過增幅，清楚確定DNA的特徵。

月也應該是想利用這個檢測。所以，本應研究太空的理科大學生，卻拜託與領域無關的生命科學系教授進入研究機構。

月也只是想要確認DNA。

如果只是想要透過PCR等方法來了解DNA模式的話……陽介再一次回想生日那天的早晨。

被粗暴地叫醒，甚至頭髮都被扯掉了。

（難道，學長的真正目的是「兄弟鑑定」嗎？）

除了DNA檢測對象之外，還有其他需要毛髮的原因嗎？在那裡打工，也是為了換取絕對不便宜的檢測費用，所以才會說是「做白工」。

如果得到的檢查結果讓他前往那個城鎮……

「我們真的是兄弟嗎？」

在把焦糖色洋蔥裝入塑膠袋時，陽介皺著眉頭。心裡和思緒都紛亂不已，讓人無法平靜下來。

如果，真的是兄弟的話——

如果是有血緣關係的「家人」。

陽介停下裝洋蔥的動作，凝視着自己的雙手。右手大拇指的舊傷，突然感到一陣刺痛。

好奇怪。

（如果是親兄弟，為什麼學長不在這裡呢？）

是要去大鬧說日下家的媽媽才是自己的生母嗎？就算做了那種事，也無法執行完全犯罪。

完全犯罪必須符合邏輯。

是機械式的謎題。

如果要當作其中一個齒輪，「兄弟說」似乎太薄弱了。當作其中一項資訊或許有意義，但不知道還有什麼用途，總覺得這樣無法描繪出優雅出色的犯罪形象。

但是。觸發桂月也動手的契機應該是兄弟鑑定。

「母親嗎……」

裝好焦糖洋蔥之後，陽介回到義大利雜菜湯的鍋子旁。毫無意義地拿湯匙攪拌的同時，將思考投射在燉煮中的蔬菜上。

會想去做鑑定，一定是出自月也想尋找母親的意志。

（肯定不是日下家。）

透過兄弟鑑定，得知兩人並非兄弟。證明日下家的媽媽不是自己的生母。月也不會就這樣放棄。所以他再查了其他人，然後就找到了。

是誰？

（如果是我認識的人就好了……）

對只能想到那個農村城鎮的狹隘自我，陽介只能苦笑。即使在那麼狹小的範圍內，也有讓人在意的人物。

擁有令人印象深刻、迷人的圓耳朵。如果那個跟月也一樣的耳朵是來自遺傳——

「……」

陽介看著浮出表面的月桂葉，輕輕咬了咬嘴唇。如果那個家的獨生女就是月也的親生母親。

月也打從一開始就死了。

「……學長。」

陽介想拿出後口袋裡的那封信。但是被手機擋住。先拿出手機，才終於掏出的信紙，就像垃圾一樣皺成一團。

即便如此，月也的字還是很漂亮。

沒辦法整理環境，如果不提醒他，可以好幾天都穿同一件上衣，這樣的人根本不像是有犯罪思維的人。字體微微向左傾斜，流暢而細緻。

這似乎正好反映了他的內心。

（這樣啊。從那個夏天開始，你一點都沒變。）

這封過短的信代表的意思——他還是無法不留下任何痕跡，大概是他展現軟弱的時候吧。

就像那個夏天一樣。如果他希望被發現的軟弱始終沒有改變的話。如果是這樣，那他一定會留下隻字片語。

帶著相信他的念頭，陽介重讀一次月也不可靠的文字。「謝謝，親愛的學弟」真的很不像他。

「我不會讓這封信變成遺書的。」

陽介喃喃自語，把火力轉成小火。將放在砧板旁的手機連信紙一起抓住，再用大拇指解鎖。

時間是七點二分。

不需要三個小時。從通話紀錄中，選定了和那個夏天一樣，心思清晰易懂的月也。陽介閉上眼睛，聽到右耳響起的撥號聲。

（月也學長。）

在心裡呼喚的同時，耳朵也發現聲音變了。刺耳的單調噪音可能是來自新幹線。月也沒有說話。

「……」

陽介的嘴唇也不動了。儘管腦中邏輯已經定位，關鍵時刻卻無法開口。

「我做了義大利雜菜湯。」

終於說出口的話，無聊到連自己都覺得驚訝。月也一定也感到訝異吧。唯一的回應只有列車行駛的聲音。

「沒有培根。所以應該不太好吃。」

沒有回答。然而，電話也沒有掛斷。自然捲的黑髮蓋住圓圓的耳朵，他一定把手機貼在耳朵上聽。

應該是左耳吧——因為他總是在自己的右邊。在紅色的沙發右側。所以，月也總是從左耳聽到陽介的聲音。

「我打算用青椒鑲肉當主菜，炒了焦糖洋蔥，做太多所以決定冷凍保存。對了，就是學長也知道的夾鏈袋，用夾鏈袋裝起來。」

『……』

微微感覺氣息改變。一定是睫毛垂下遮住了黯淡的眼睛。即使不在這裡，也能感覺月也的舉動，陽介突然想到一件事。

「你該不會早就知道我會做太多？」

『……我為什麼會知道。』

「因為是學長你啊。和那個夏天一樣，你可能也希望我找到你。」

月也否認地說「怎麼可能」。但是，他的聲音比新幹線的聲音還要微弱。陽介相信還有救，緩緩地調整呼吸。

「這次是什麼樣的手法呢？」

『………所以你還不知道。』

「因為我不是什麼名偵探啊。就連那個縱火的夏天，告訴我定時裝置的也是學長啊。」

陽介笑了一下，然後關掉瓦斯。身體靠著流理台，不經意地抬頭望著天花板。日光燈的兩端變黑了。

『其中一個是沙門氏菌中毒。』

「那個小冰箱不是誤導我用的嗎？」

『嗯，你要這樣想也無所謂。難得參與病毒檢測，所以我也想做一些細菌實驗。想說把菌放進泡芙裡面。畢竟那兩個人常常吃甜食。』

「但是，食物中毒不至於致命吧？」

『這個啊，只要把止痛藥換成滅鼠劑就好了。想說可以安排一個重複利用空瓶，結果造成不幸事故的劇本。你想想看，喜代不就都常常用空瓶裝不同的東西。用那種邏輯，藥物和毒物就能混在一起了。』

「這個設計還真是粗糙。」

陽介聳聳肩，右側的鼓膜收到月也乾澀的笑聲。自己會偏向用右耳，一定也是因為那張沙發的關係吧。

即使不在同一個房間裡。不論距離有多遠。

月也都在陽介的右邊。

『主計畫是巴拉刈。』

「啊，之前提到的農藥。」

『沒錯沒錯。去你家打招呼的時候順走了。我在想要不要混入威士忌然後讓老爸喝下去。我媽看到痛苦的老爸應該會很害怕吧。恐嚇她說其實我也早就對妳下毒。然後騙她說有解毒劑，讓她喝下真正的毒藥。大概是這樣？』

「不過，學長你自己也說過，用巴拉刈沒辦法確實殺死人。畢竟有嘔吐作用，讓對方誤食不容易不是嗎？」

『……果然太粗糙了啊。』

就像沙門氏菌一樣。月也所說的計畫，似乎很難說是「完全犯罪」。更準確地說，不能說是「完全殺人」。這件事暗示陽介，除了殺害之外還有其他方法。

「原來如此。學長已經不打算奪走父母的性命了是吧？無論是沙門氏菌還是巴拉刈，都太半吊子了。這表示你不是真心想殺人，對吧？即使如此，你還是想報復的話……」

陽介瞄了一眼鍋裡。月桂葉──瞪著月桂樹的葉子。

「只要抹殺他們的社會地位就好對吧。」

『這個嘛。』

「學長。」

『嗯，畢竟我深刻感受到，活著更辛苦。』

月也現在一定按著左側腹吧。那傷痕是他的起始點，也是一種象徵。平時他一定會用拿著電子菸的手指，輕輕按住。

無法握住他的手，陽介轉而用力握住手機。沙沙──和手機一起攥在手心的月也的信紙發出聲響。

「所以……學長是要殺死桂月也嗎？」

『咦？為什麼會這麼覺得呢，名偵探？』

「我不是名偵探。但是，現在我只能希望是這樣。」

陽介感覺緊張到冒汗，暫時放開手機。用左手拿起和手機一起握緊的信紙，在泛黃的日光燈下檢視。像這樣透著光看，字跡顯得更加不可靠。

「因為有遺書。」

『那是感謝狀吧。』

「才不是。我認識的桂月也，是個不知道什麼叫做感謝的男人。」

『我的形象也太差了吧？』

「無法信任這一點我倒是可以保證，畢竟是桂月也嘛。」

陽介呵呵笑了起來。不過，那也只是皮笑肉不笑。算是對月也虛張聲勢吧。內心十分不安，無法平靜下來。

現在只能透過言語相聯繫。什麼樣的話語可以傳達給月也呢？要說什麼，才能阻止他行動，改變他的心意呢？

該怎麼只用言語把他叫回自己的右側呢？

「……既然留了遺書，不過，我想月也學長不可能毫無報復就去死。你一定會把自己的命當作『完美犯罪』的一部分，然後再去死。」

『……』

「對於學長來說，完全犯罪就是消滅桂家對吧。因為桂家毫無家人的功能。包含自己在內，一併消除就能獲得自我滿足。不，這就是學長心中的自我認同吧？」

『今天的陽介還真是毫不留情耶。』

「因為我很認真。」

盯著透光的信紙，代替凝望月也。右耳傳來的聲音，再度變成列車行駛的聲音。其中微微混雜了一點喀啦喀啦的聲響。

他大概是在咬指甲。

因為新幹線內全面禁菸，沒有辦法抽菸。

「那個夏天的縱火事件就說明了一切。如果你只是想殺掉桂家，不要連續縱火反而比較好。雖然事情鬧這麼大只有我發現……但是學長的目的變得膨脹又扭曲。原本目標只有桂家，後來連那個城鎮都納入視野。因為那是個生養學長，但沒有人找到你就是兇手的土地。」

『……』

「這次比縱火更簡單。你要紮紮實實地對那個城鎮復仇。打擊那個城鎮的代表人物桂家與日下家，獲得讓自己乾脆赴死的理由。」

『怎麼可能有這麼一舉兩得的方法——』

「是名字。」

透過手機也能感受他吞了一口氣。陽介放下拿起信紙的手。緩緩走向兩人座沙發。

現在可以獨佔這座紅色沙發。但是，陽介還是像往常一樣，坐在左邊的扶手上。

「月亮和太陽。喜代為什麼給我們取這樣有關聯的名字呢……我最先想到的是兄弟。但事情並非如此對吧？」

『沒錯。基因上，我和你沒有血緣關係。』

「所以，只是一時興起嗎？那是不可能的。這樣無法解釋為什麼身為神社工作人員的喜代，無視運勢幫我取名『陽』。這是有原因的。必須是月亮和太陽的原因。」

『……什麼原因？』

月也的聲音聽起來是在裝傻。已經知道答案的他，應該是刻意裝作不知情吧。為了不讓自己主動洩漏死亡的底牌。

又或許是在試探陽介。

「這是為了指稱學長的**親生母親**。」

『……』

「學長。你知道太陽——日光照射之處叫做什麼嗎？」

『——是日向吧。』

「沒錯。學長也記得日向家的名字吧。因為那個夏天，學長偶然在那裡縱火。」

『是啊。』

「當時我稍微提過，日向家是一對年邁夫妻一起生活。他們只有一個孩子，但她——望小姐——**在生產時就和孩子一起去世了**。我去跑腿時，他們就真的像對待孫子一樣疼愛我。因為如果孫子還活著的話，應該和我差不多大。」

『是嗎……所以呢？』

「因為我那時還是個小孩，所以他們沒有直接對我說過這件事。但是耳朵的形狀我記得很清楚。因為我看過很多次他們家的相簿……望小姐的耳朵和學長一樣都是圓形。耳朵的形狀是很容易遺傳的元素之一對吧？」

『這樣啊。』

「考量喜代的意圖，再加上身體特徵，那就沒有錯了。學長的親生母親就是──」

日向望。

想要說的話，被月也的呼吸聲蓋過。在呼吸聲中微微聽到「漂亮」兩個字，也許只是陽介的錯覺。

就算是在這種時候，心裡的某個角落，也希望能夠被稱讚。像平常那樣，調侃自己的眼鏡起霧。如果狀況好他就會笑著說「漂亮」。

不過，那只是陽介的私心。電波的另一端，月也只像弦月之夜一樣嘆息。

『那月亮呢？』

「咦？啊……那個，好像沒有出現。」

『知道日向，卻不知道月啊，有點脫線這一點很像陽介啊。是「望」啊。「望」是指滿月的意思。』

「哦！所以學長是『月』。原來如此。喜代留下了你與生母的連結呢。」

『比起這個，有物證更好。』

月也的聲音像是脫口而出。他以一種像是情緒化，又像沒有情緒似地，不可思議的語調繼續說。

『嗯，決定性的證據可不是那麼容易留下的。畢竟還有桂家和日下家的耳目……光是留下別有意義的姓名就應該感恩了。』

「是啊，喜代肯定也沒想到會變成這樣吧。」

『咦？』

耳邊的聲音搖曳不定。難道自己說了什麼奇怪的話？陽介歪著頭。

『喜代也是共犯吧。就算是桂家的私生子，從母親身邊奪走孩子，最後還讓她離世。作法實在太過分，所以留下名字也只是一種反省而已。』

「等一下。你的意思是，望小姐被殺害了嗎？」

『單純思考的話，應該是吧。不過在新聞的資料庫中，她是「病死」的。人怎麼可能死得這麼巧啊。』

「啊，對了。學長不懂生產的事吧。說的也是，你沒有兄弟姊妹，所以沒有經歷過生孩子的過程。學長也還單身。」

『……』

「若沒有特殊情況，生孩子的時候家人通常都會被叫到現場。我妹出生的時候也是，我媽說是第二胎了，所以沒問題，看上去還算輕鬆，就這樣聯絡助產士。萬一需要手術或者身體狀況有變就糟了，所以連我都一起參與生產的過程……望小姐是未婚媽媽，一般來說應該是日向夫婦會陪同才對。畢竟不是在陌生的地方，而是在那個城鎮的醫院。」

不知道他們是否有跟到產房。不過，如果日向夫婦在附近，那他們的言行就會出現一個重大矛盾。

如果日向夫妻在女兒分娩時人在醫院內的話——

一定不可能這麼簡單就接受孫子的死。假如在院內的話，一定會有接觸到「生」的瞬間。

「……學長，你說你從出生就沒有哭過對吧？」

『什麼?』

「就算是學長,剛出生的時候也會『初啼』。聽到嬰兒哭聲,就不可能這麼簡單就接受『孫子也死了』這件事。不過,如果說是哭完之後,情況突然變差,旁人也沒辦法反駁就是了。這種假設有點麻煩,只好用『奧坎剃刀法則』解釋了。」

『科學家的最低限度假設,對吧?按照這個假設,日向夫婦並沒有聽到嬰兒啼哭。換句話說,當時他們不在醫院。』

「對,不過這很奇怪。望小姐和日向夫婦之間的關係很好。沒有理由不叫他們來的。尤其是第一個孫子,就算有事也會想辦法陪同。但是他們卻不在場。」

『日向望拒絕父母陪同。是我爸——桂的指示嗎?』

「……應該吧。」

陽介點點頭,咬著嘴唇。

從日向望的這個行為可以推測出她「打算把孩子交給桂家」。

那究竟是日向望的意思,或者只是被花言巧語說服的結果,目前還不清楚。

無論如何,「日向家的孫子」打從一開始就不會誕生。原本就定好這個孩子在日向家是死胎，但是在桂家的戶籍則是登記為第一個出生的長男。

這件事對日向夫婦始終保密。為了隱瞞桂議員與望小姐的外遇，保護「桂家」的名聲。

『什麼嘛。生母也不怎麼樣啊。』

「因為當單親媽媽應該讓她覺得很不安吧。可能是覺得你在桂家能過得更幸福，至少不會為了錢而困擾……」

雖然陽介試圖幫忙說話，但最後只能嘆氣。

——幸福？

出生在桂家的月也，哪裡幸福了？也許在日向家中長大，才是真正的幸福。即使沒有父母，只是和外祖父母一起生活也一樣。

「……對不起。」

『為什麼陽介要道歉啊？』

「畢竟這個計畫和『日下』也有關係。日下家比桂家更適合告知日向夫婦孫子的死訊吧？假裝關心望小姐，實則是監視，這種心理上的慰藉——算是平時擔任諮詢對象的日下家的專門領域。喜代也負責主持死胎的葬儀，神社也在其中發揮了功能吧。一定是三大家族共謀的事情。因為這三大家族施壓，望小姐才選擇放棄孩子。」

她一定是相信這樣孩子會更幸福……但是陽介說不出口。然而，望應該是如此堅信的。既然她放棄去佛羅里達的夢想，決定選擇生孩子，那她必定是有相當的覺悟，才會把孩子託付給另一個家庭。

『這個嘛，現在已經無法得知日向望的真心了。無論是被騙還是什麼，既然她都同意交出孩子，那就不會刻意殺掉她了吧。搞什麼，真的是病死嗎？真無聊。』

「一點也不無聊。因為，這樣就會描繪出對學長有利的故事。」

『為什麼啊！』

「沒有，這只是我的空想而已。我猜想喜代剛開始並不是為了暗示罪行才這樣取名的。學長的『月』只是想著望小姐取的。不過，孩子的母親已『死』。畢竟身兼神職，還是有罪惡感吧？」

陽介短促地吐出一口氣，看著月也信中的「X」。他的字跡漂亮，是因為受到喜代的指導。因為曾經接受過書法高手喜代的教導，儘管是平常連換衣服都懶散的性格，卻寫得一手好字。

「若非如此，那就有點奇怪了。畢竟在學長出生那天，我甚至都還不存在呢。難道能提前想到用孩子們的名字來暗示犯罪嗎？」

『應該很難。』

「對吧。所以……因為喜代對望小姐的死感到後悔，所以在我出生時，喜代才想出了一個揭露罪行的方法吧？為日下家長男，取一個和這起罪行相關的名字。也許那只是微不足道的抵抗……但你現在不就只憑『陽』一個字就找到日向家嗎？雖然說是因為『月』才讓人心生懷疑。這樣一來，名字就成了記錄從日向家、望小姐身邊奪走孩子這件事的線索。」

『原來如此。不愧是名偵探。居然光憑名字就推導出一連串的邏輯！』

咦？陽介皺起了眉頭。月也不自然地開朗，又帶著乾燥的笑聲，讓人感到不可思議，陽介不禁向右邊看去。

兩人座的紅色沙發。平時有人的地方空空如也。

在那裡，沒有淺淺的微笑。

月也應該也得出相同的結論才對。桂家和日下家所犯下的罪行。因為得到了可以威脅兩家社會地位資訊，他正趕往那個城鎮展開報復。所以，他應該不在這個房間裡才對。

然而，他為什麼要讚美陽介為名偵探呢……

「學長？」

『奧坎剃刀原理。』

月也在手機的另一頭輕笑起來。

『月亮和太陽。因為名字看似有關聯，我就去做了兄弟鑑定。得到否定答案之後，和名字有關的假說就完全被推翻了。反正我又不是喜代，再怎麼想也是白費力氣。但是，似乎仍然有隱藏著什麼秘密，讓人覺得不太對勁。假設問題是「生母的存在」好了。喜代的秘密頂多也就只有這個了。那麼，陽介學弟。接下來，我又做了什麼？

「這個……」

『調查一九九九年四月七日，我生日那天。我和生母只在那一天有相關。我認為這是一個很好的開始，所以搜尋了報社的數據庫，幸運地找到了一篇令人在意的文章。』

那就是月也生日隔天，一九九九年四月八日的早報。

雖然篇幅很小，但報導指出——七日早上七點左右，東北鄉村的一個城鎮裡，有一名母親去世了。這篇以分娩風險為訴求的文章中，清楚地寫著日向望和她的孩子已經去世。

『在那個出生率極低的小鄉村，同一時間出生的機率會是多少呢？與其計算這樣的巧合，還不如想想把謊報死亡的孩子遷到別人的戶籍，這樣做更簡單。如果是這個假說，要驗證也很容易。』

「難道學長也拿到日向夫妻的DNA了？」

『當然啊。身為一個科學家，沒有證據是不會行動的。我確實拿到日向家的DNA資訊。這還真是一個好時代啊。只要說是調查新冠病毒，他們就毫不懷疑地提供毛髮和口腔內細胞。難怪和疫情相關的詐欺會這麼猖獗。』

「……」

『而且，他們還說是桂家的小少爺要來，於是親自到車站來接我。明明什麼都不知道，還誇我的工作真好。』

月也嘆了一口氣。

『覺得他們有點蠢。』

「你說得也沒錯……」

檢查結果根本不用問。就是因為得知生母的身分，月也才會離開。

為了結束與桂家的血緣關係。

陽介盯著空蕩蕩的沙發，緊握他的信。

「證明與日向家有血緣關係的鑑定書，就是你對那個城鎮——桂家和日下家復仇的王牌嗎？」

『才不只這樣。還有你給我的「名字的故事」也是。單憑科學數據，無法動搖討厭理科的人。活生生的故事才能打動人心……我很感謝你啊，陽介。你按照我的計畫，推導出一連串的邏輯。提前送出「感謝狀」是值得的。』

「呃……」

『如果有一封不能相信的信，你就必須思考了對吧？和我這種以科學為基礎思考的人不同，你會從人的心情思考，所以我很期待你可以找到不同的路徑。謝謝你。你的表現非常出色！』

「那你為什麼用『謙稱』呢？」

你為什麼要偽裝自己，說這些話呢？如果陽介解開謎題也是計畫之一的話，就應該堂堂正正地做自己。如果他心中還有什麼軟弱之處，對陽介來說已經足夠了。

「這樣我就沒辦法對你生氣了啊。」

『……』

「所以呢？桂月也接下來要怎麼做？」

『……我想用你推導的故事和DNA鑑定來撼動生母的血親。因為桂家的自私，而奪走孫子。女兒可能是因為要封口而被殺，就算是謊言，也會種下懷疑的種子。日向家的疑心，就可以讓桂家和日下家失勢，希望最後能讓他們都失去社會地位。』

「然後，桂月也也會死對吧？」

有一件事情能確定。就算證明和日向家的血緣關係，也不會改變。

月也身上有一半的血，來自父親「桂」。無法從社會面抹殺的「血緣」，該怎麼清除。

唯獨這一點——

『這是為了殺死我而策劃的完全犯罪喔，陽介。』

右耳傳來月也的呢喃，聲音非常柔和。這可能是「頓悟」吧。自差點被母親殺害的那天開始，他就一直活得很扭曲，對他來說「死」就是最大的救贖。即便如此也撐著活下來，就是為了復仇——**為了執行讓自己能夠認同的、完美殺死自己的犯罪**。

對那樣的月也來說，已經足夠了。

為了讓「桂家血脈」保持乾淨，就不惜抹去外遇對象——生母的存在以及血脈之間的關聯。

只為了在那個將混亂視為邪惡、極度厭惡偏離正道的鄉村，守護自己的身分地位。只是為了這個。為了保護名聲和私利，將真相埋葬。

既然DNA裡已經準備好如此甜美的兇器……

當他必須面對自己從出生開始就與「死亡」共存的事實時……或許就已經足夠了。殺害自己的理由，這樣就夠了。

「月也學長，你不要死。」

『……』

「這次我也找到你了。所以你不要死。義大利雜菜湯和白飯都有兩人份。我不小心就做了兩人份。因為對我來說，兩個人一起吃飯已經是理所當然的事。」

『……如果不是兩個人相處的時間太長，你或許就不會發現了吧。所以，那是因為我們兩個人待在一起的關係。』

「但是……」

『這不是很好嗎？日常生活已經有這麼大的變化。』

他似乎還把這些事情歸咎於新冠疫情。陽介左右搖頭。把差點往下掉的琥珀色眼鏡推上來。

今天的眼鏡也起霧了嗎？

所以，才沒辦法阻止月也？

「但是……你並不需要死不是嗎？就算學長沒有死，只要有DNA鑑定書，就足夠揭露那些人的罪了吧！」

『但是，我身上的「桂家」血統就不會消失。最重要的是，如果在生母的墓前服毒自殺，一定會十分聳動吧？還刻意用從日下家偷來的巴拉刈。「別有深意」就是新聞中的一個重要元素啊，陽介學弟。越有故事性，臆測就越會助長負面印象，甚至推動毀滅。』

「無聊。」

『那就更好了。反正我的命本來就算不了什麼。』

「你是認真的嗎。你真的不打算回來……」

『對。』

「是這樣嗎……」

陽介大嘆一口氣，然後站了起來。瞪著沙發的右側，然後走出客廳。經過廚房，打開了玄關的沉重門扉。

雨聲嘩啦嘩啦。

讓人感到煩躁的梅雨季節。梅雨季節帶來的雨水，使外走廊積成薄薄的水坑，在鐵樓梯上滴滴答答響。

『陽介？』

透過手機傳來的風雨聲音，讓月也感到困惑。那好吧，陽介微微一笑，沒撐傘就坐在樓梯上。瞬間褲子就濕了。白色的短袖T恤透出皮膚的顏色。

現在還沒有明顯感到冷，但風在吹。
在這樣淋濕的狀態下，如果繼續吹風喪失體溫，早晚會失溫。這可能危及性命。即便如此，陽介也不打算起身。
「我決定了。在學長回來之前，我也不會回房間的。」
『什麼？』
「因為這裡是我們兩個人的家。我不能一個人留在這裡。即便雨下不停、風吹不停也一樣。」
『什麼，你做什麼蠢事——』
「月也學長。」
陽介垂下眼簾。感覺到從眼鏡隙縫飄進來的雨沾濕睫毛，然後微微一笑。
陽介突然明白了。自己想成為什麼樣的「家人」。
明白想要成為家人的真正意義。
「學長。我遇見你，一起度過的時光都很開心。從你不算什麼的生命中感受到幸福。因為和月也學長在一起，我的回憶也變得豐富多采。所以，一個人獨活沒有意義。」

『……』

「是學長先救了我。就在那年夏天。你叫我忘記家世。你先伸出援手，而我抓住那雙手。事到如今，我已經不想放開那雙手了。因為你，我才能用自己的方式生活。雖然是我自私的想法，但我想和學長待在一起。」

陽介將手機從耳旁拿開。切換成擴音模式，舉向大空。

「接下來，我想繼續和桂月也一起生活。」

說完之後，陽介拋下手機。手機碰撞階梯邊緣發出刺耳的聲音，然後滾落到樓梯下面。

陽介認為應該不需要手機了。

已經不需要這個只能傳達語言的機器了。認為自己無法再表達更多的瞬間，陽介的指尖自然地鬆開了。

（學長，我相信你。）

一起生活吧。

相信月也的上空一定和這片雲層後的藍天相連，於是陽介對著藍天祈禱。

——已經超過三個小時了吧。

螢幕貼著瀝青馬路上的手機，看不到時間。因為政府要求大家待在室內，外面又下雨，路上沒有行人，景色一直停留在相同的畫面。

不知道什麼時候開始已經不覺得冷了。

即便如此，身體仍然為了活下去而顫抖。陽介咬著完全變成紫色的嘴唇。隔著滿是水滴的眼鏡，凝視著通往車站的道路。

雖然因為空腹而視線模糊，但月也的事，陽介很有自信。

像他那樣惡魔般的高大身材，在這一帶很罕見。自己也知道他走路的方式。重心總是稍微偏向右側。一定是骨骼歪斜。可能是因為性格扭曲的關係吧。

但是——

「……」

陽介試圖站起來。因為太冷，膝蓋凍僵了，所以沒辦法如願起身。細雨中的月也，並沒有像陽介想像中那樣走路。

而是從那個夏天到現在為止，從未見過的狼狽奔跑。

拚命地，盡全力奔跑。

（連雨傘都不見了。）

在想著蠢事的同時，月也取下了口罩。把口罩塞進淋濕的夾克，然後沿著鐵梯快速跑上來。

「陽介！」

月也神情痛苦地喘著，在兩個階梯的距離停下。

「你沒事吧！」

聲音上氣不接下氣。從前額捲翹的瀏海，滴下水珠，不知道是雨水還是汗水。

「咦？我沒事啊。」

「那是怎麼回事，手機不是掉了嗎？我聽到很大的聲響，還以為……」

啊，陽介不由自主地瞥了一眼樓下的手機。月也的視線也捕捉到同樣的東西。緊皺的眉間滴下水滴。

「……你故意的嗎？」

「我才不像學長那樣壞心。」

自己從未想過要製造事故來吸引注意。陽介稍稍鼓起了腮幫子，但很快就笑了。不是虛張聲勢，也不是只是做做樣子，而是要真心誠意地笑。

「果然，不透過機械的聲音比較好聽。」

「那也不用因為這樣就丟手機啊。」

「那是因為重力的關係。」

「你要坐到什麼時候啊？」

「因為某人太晚到，我冷到動不了了。」

「……真是的。」

一副受不了的樣子，月也按住眉心，深深地嘆了口氣，然後走近一步轉過身去。利用樓梯的高低差把陽介揹在背上。雖然有一瞬間搖搖晃晃，但最後還是踩穩了。

「你這個笨蛋。」

「學長也是笨蛋，所以彼此彼此。」

「害我白擔心。」

「這也是彼此彼此吧。」

「……你活著真是太好了。」

「彼此彼此啊。」

微微一笑的陽介，突然感受到一絲明亮。不知不覺間，雨停了，陽光從雲層中穿透。

從那道光發現的少許顏色，讓陽介的眼睛發光。

「學長，是藍天！」

嗯？月也停下腳步。重新揹好陽介，他也望向天空。他口中像是唸咒語一樣。

「Rain before seven, fine before eleven.」

「什麼意思？」

「沒有，我只是覺得，陽介還真是晴天娃娃。」

我是雨男耶，陽介疑惑地歪著頭，月也彷彿在調侃他似地移動腳步。喀嚓一聲轉動門把。

兩人幾乎同時說出來。

「我回來了。」

「歡迎回家。」

＊青鳥〔Blue Bird〕幸福的象徵

尾聲

儘管是梅雨季，但也不是一直都在下雨。

七點前明亮的天空中雲層很厚，一如這個季節。瞬間露出的間隙中透出了一絲藍色。從那裡降下的光柱，究竟是誰取名為「天使的階梯」呢？

氣象名稱是雲隙光。那神秘閃爍的光芒，雖然適合燦爛繽紛的繡球花，卻不適合當吞雲吐霧的月也的背景。

一如往常的陽台上。

唯一不同的是，桌上放的不是馬克杯。

而是終於打開的兩罐罐裝氣泡酒。看起來很甜的巨峰葡萄口味。一早就喝酒感覺不太道德，但就當作是疫情只能待在家的錯吧。

「終於有生日的感覺了。」

雙手抓住氣泡酒罐，陽介微微一笑。月也像是在附和似地，吐出細長的煙。

看著消失在天使階梯光芒中的煙，陽介喝了口氣泡酒。平常沒在喝酒，反而讓人覺得很不習慣。

「我說你啊，今天居然這麼有精神。昨天都淋到全身濕了。」

「因為學長買了葛根湯和營養飲料給我啊。我完全康復了。如果不是因為這樣……學長如果再晚一個小時，情況可能就完全不同了。」

「笨蛋。」

在無奈中夾雜著安心，月也再度吐出一縷煙。

「所以學長也是笨蛋啊。」陽介輕輕笑了笑。

「早餐要吃什麼呢？光喝酒真的不行啊。」

「要去便利商店嗎？」

「要是有錢當然好，但我想要為了九月的旅行省點錢。要馬上找到打工也不容易。」

「九月啊……」

「一定要去。因為是學長提議的。」

月也眨了眨睫毛，關掉電子菸。隨意放在桌子上，然後拿起酒罐，含了一口氣泡酒潤潤嘴唇。

「但我會活到那個時候嗎？」

「什麼？你還在說這種話嗎？就算是學長，也該明白了吧。身邊的人可能會死的心情。」

不好說，月也笑了笑。調侃似地哈哈大笑。就像迷惑人類的惡魔一樣。當陽介瞪著他時，他顯得更加愉快，臉上閃爍著一絲靈光。

「法式焗烤洋蔥湯怎麼樣？反正昨天已經做了焦糖洋蔥。」

「明明想死，還是要吃嗎？」

「就算想死也會肚子餓啊。」

「嗯，我想冷凍庫應該有麵包。湯的話，不用解凍也沒關係……」

「而且，要動腦的話就要吃飯不是嗎？既然身為想要實現完全犯罪的自殺者，能得到糖分補充是最好——」

「別開玩笑了！」

陽介用力握住手中的氣泡酒。柔軟的酒罐輕輕鬆鬆就被捏扁，淺葡萄色的液體噴了出來。沿著邊緣沾濕手指的甜美酒精，放著不管的話會變得黏黏的吧。陽介站起身，要去洗手。

「我可不是要去準備早餐！」

帶著憤怒的眼神，再次強調自己的意志。誰會為了完全犯罪補充營養啊！然而，月也的眼神卻一副無所謂的樣子。

「是無所謂啦………不吃也會死啊？這是生物的定律。」

「……」

「所以你是叫我去死？」

月也一邊呵呵笑一邊站起身。陽介大大嘆了一口氣，踏上房間裡泛黃的榻榻米。在試圖避開邊緣走進去的時候，後口袋的手機突然震動起來。像蜘蛛網一樣裂開的手機畫面上，收到了一封委託郵件。

「理科偵探——」

「今日放假。」

說到一半，月也奪走手機，然後迅速進入廚房。把喝到一半的氣泡酒放進冰箱。陽介將自己的酒也交給他收好，然後把手指上的氣泡酒洗掉。

「還是去趟便利商店吧？」

「為什麼？」

「光是麵包好像不夠，還想要吃點零食。」
「只能選含稅一百日圓的喔。」
「在便利商店嗎？」
「就算是在便利商店，也能輕鬆買到廉價的零食。」
「我又不是小孩。」
兩人一邊爭吵著，一邊戴著相同的刺蝟圖案口罩往外走。
戴口罩現在儼然成為常識，但在幾個月前還不是這樣。
太過寧靜的城市、酒精消毒、在意某個人咳嗽也是無可奈何的事情。
遠距工作中加上保持社交距離。到處都有的透明隔板。還有人與人之間，強制設立的距離。
相反地，在同一個家裡，過度緊密的距離感。
所有事情都因新冠疫情而發生改變。這也表示，所有事情都是可以改變的。讓大家發現許多以前忽略的事情。
譬如說，理所當然地兩個人一起去購物，這種平淡日常的珍貴。
「陽介，我又要去PCR中心幫忙了。」

月也輕描淡寫地說著，試圖用外樓梯的腳步聲矇混過關。即使如此，陽介聽到還是忍不住皺起了眉頭。他是不是沒學乖，還在思考完全犯罪的事情呢？陽介加強警戒。

月也有點難為情地抓抓頭，從102號房的轉角抬頭，凝視著那藍紫色的繡球花。

「我得為了九月賺錢吧？」

「啊……你剛才是在敷衍我吧？你到底打算做什麼？」

「完全不相信我呢。」

「因為是桂月也啊。」

陽介用力點頭。充滿自信地說，這就是「桂月也」。我不知道這種確信是好還是壞，但知道這一點並不壞。

「所以，你真正的目的是什麼？」

「如果說出來就不是完全犯罪了吧？」

「很遺憾。竟然沒有被我誘導啊。」

「當然。不過——」

跳過生鏽的外樓梯最後一階，月也拉開與陽介的距離。陽介試探般地凝視著他逃走似的背影。

「我想剩下的兩年，慢慢想也不錯。既然有素材，只要想怎麼表現就好。除了抹殺社會地位之外，說不定還會想到真正出色優雅的殺人計畫。如果能做到這一點，我不就能死得更痛快嗎？」

「你又在開玩笑了。」

「而且，不給你留下一些回憶再死，那你也太可憐了吧？」

「什麼？」

「再兩年。畢業前的緩刑期。」

月也一副戲弄人的樣子哈哈大笑。陽介用食指指向惡魔般捲翹的黑髮。

「不止兩年，我還要你活到十年後！」

為了這個，當然需要先填飽肚子。為了不讓食物變成完全犯罪的養分，只能讓他努力做好理科偵探的工作。陽介追上月也，站在他身邊。

「希望十年後我們還能在一起。」

「這要看完全犯罪的狀況了。」

月也真的很壞心眼。在同款口罩下，陽介嘴角往下拉，突然領悟到他言語「背後」的含義。

十年後，能否一起取決於完全犯罪。在科學發展如此迅速的現代社會裡，把可能性依附於幾乎不可能實現的事情……

「想死的人就是這樣才麻煩啊！」

陽介皺著眉頭笑了起來。

月也瞇起陰暗的眼睛。

兩人同時跳過的水坑中，映照著蔚藍的天空。

參考文獻

『天才英日辭典《改訂版》雙色印刷』（大修館書店）

《思考家庭關係》作者・河合隼雄（講談社現代新書）

《了解・品嘗・享受　紅茶聖經》審定人・山田榮（夏目企畫出版）

《從基礎學習　全方位紅茶》作者・磯淵猛（誠文堂新光社）

《意識何時誕生？挑戰大腦之謎的統合資訊理論》作者・Massimini Marcello / Giulio Tononi 譯者・花本知子（亞紀書房）

《我在哪裡？葛詹尼加的腦科學講義》作者・Michael S. Gazzaniga 譯者・藤井留美（紀伊國屋書店）

《生物中的惡魔　用「資訊」揭開生命之謎》作者・Paul Davies 譯者・水谷淳（SB創造）

《體現量子力學的世界樣貌　重疊的過去與未來》作者・和田純夫（講談社 Blue Backs）

《即便分離到宇宙的邊緣，仍然能連結在一起　從量子的非局域性到「沒有空間的最新宇宙樣貌」》作者・George Musser 譯者・吉田三知世（INTER SHIFT）

除此之外，日常拜讀的多部科學書籍都幫助我培養想像力。

參考網站

『農林水產省』預防馬鈴薯食物中毒
https://www.maff.go.jp/j/syouan/seisaku/foodpoisoning/naturaltoxin/potato.html

『商務 Web 應用術』水平思考就是不同於垂直思考，天才們的嶄新創意發想法之解說
https://swingroot.com/lateral-thinking/

『一般社團法人日本中毒學會』之八：巴拉刈
http://jsct-web.umin.jp/shiryou/archive2/no8/

『LOVEGREEN』櫻桃蘿蔔的培養・栽培植物圖鑑
https://lovegreen.net/library/vegetables/p89055/

『日本電視台 全球大吃驚新聞』引起腦缺血的意外食物
https://www.ntv.co.jp/gyoten/backnumber/article/20190709_03.html

『醫療用醫藥品：澱粉酶』
https://www.kegg.jp/medicus-bin/japic_med？japic_code=00009916

『JA 農業協同組合福岡』流感疫苗為什麼從雞蛋培養？
http://www.ja-gp-fukuoka.jp/education/akiba-hakase/004/index.html

春日文庫 ハルヒブンコ

152

想死的完全犯罪者與七點前落在房間裡的雨

死にたがりの完全犯罪と部屋に降る七時前の雨

想死的完全犯罪者與七點前落在房間裡的雨/山吹菖作；涂紋凰譯. — 初版. — 臺北市：春天出版國際文化有限公司, 2024.07
面； 公分. — (春日文庫；152)
譯自：死にたがりの完全犯罪と部屋に降る七時前の雨
ISBN 978-957-741-882-1(平裝)

861.57 113007390

ISBN 978-957-741-882-1
Printed in Taiwan

作　　者　山吹菖
封面繪者　世禕
譯　　者　涂紋凰
總 編 輯　莊宜勳
主　　編　鍾靈

出 版 者　春天出版國際文化有限公司
地　　址　台北市大安區忠孝東路4段303號4樓之1
電　　話　02-7733-4070
傳　　眞　02-7733-4069
E－mail　bookspring@bookspring.com.tw
網　　址　http://www.bookspring.com.tw
部 落 格　http://blog.pixnet.net/bookspring
郵政帳號　19705538
戶　　名　春天出版國際文化有限公司
法律顧問　蕭顯忠律師事務所
出版日期　二〇二四年七月初版

定　　價　399元

總 經 銷　楨德圖書事業有限公司
地　　址　新北市新店區中興路二段196號8樓
電　　話　02-8919-3186
傳　　眞　02-8914-5524
香港總代理　一代匯集
地　　址　九龍旺角塘尾道64號 龍駒企業大廈10 B&D室
電　　話　852-2783-8102
傳　　眞　852-2396-0050